昂るものを取り出した隼世が、結衣の秘めた部分を前後にこする。
「布越しでも、きみが濡れているのがわかるよ、結衣」
「っっ、ひ、う……ん、んーっ！」

Illustration©SHURAN SAKAZUKI

Opal
オパール文庫

君だけしか見えない

麻生ミカリ

プランタン出版

※本作品の内容はすべてフィクションです。

第一章　はじまりの季節　～富良野～

　その日は、九月の最初の月曜日だった。

　北海道富良野《ふらの》市にある小さなレストラン『ラベンダー』は、毎日十六時に閉店する。稼ぎ時のディナータイムに営業をしないだなんて、と驚く人も少なくない。実際、十年前までは、『ラベンダー』もディナーをメインとした営業時間だった。

　しかし、店主の古希をきっかけに、老夫婦は夜の営業をやめた。無理をせず、自分たちのできる範囲で、長く店を守っていくのが今の目標だという。

「結衣《ゆい》ちゃん、今日は遅くなってごめんね。あとは私たちでやるから、上がっていいよ」

　四人がけのテーブルを片付けていた千原《ちはら》結衣は、昔からの顔なじみである店主の葉崎《はざき》敏夫《とし お》にそう言われ、「じゃあ、このテーブルだけ片付けて出ますね」と静かな声で返事をする。食器をトレイにまとめ、使い込んだ台拭きでテーブルを隅々まで丁寧に拭く。椅子の座面を乾いたタオルで拭って、四脚の位置を調整し、トレイを持って厨房へ戻る。

この一連の作業の流れが、結衣は好きだ。次に来るお客さんが、整った席に座る姿を想像し、片付けの終わった席を見て満足する。

「それじゃ、お先に失礼します」

店名の入ったエプロンをはずすと、結衣は個人経営の小さなレストランをあとにした。

店の裏手に停めた古い自転車にまたがり、ヘアクリップで髪を留める。胸に届かない長さの直毛は、走行中に顔にかかると視界を奪うことがあるからだ。

「……この時間なら、学校に行く前に寄っていけるかな」

いつもより少し遅い上がり時間、結衣は左手首の腕時計を確認して、自転車をこぎ出した。


♪°+.o.+°♪°+.o.+°♪


『ラベンダー』は、職場でもあるが、それ以上に思い出の詰まった店でもあった。

五歳まで東京で育った結衣が、両親の離婚と同時に母方の祖母に引き取られたのは、今から十六年前のこと。破綻した結婚生活ののち、両親はどちらも別の相手との再婚を望んだ。親権は母にあったが、母親の恋人が結衣との同居を渋ったため、彼女は祖母の家で暮らすことになったのである。

喧嘩の絶えなかった世田谷の小さなアパートに比べれば、祖母の家は静かで落ち着いていて、毎日三回食事もらえる。それだけでありがたいことだ——と理解するには、五歳はあまりに幼い。

「おかあさんにあいたい、おとうさんのくるまでおうちにかえる」

日が落ちて、住宅街が暗くなってくると、よく結衣は泣いて祖母を困らせた。帰ると言ったところで、彼女がそれまで暮らしていたアパートはとうに解約されている。両親は離婚し、それぞれ別の相手と暮らしていて、帰るべき場所などどこにもなかった。

「結衣ちゃん、よおくお聞き。これからは、結衣ちゃんは富良野《ここ》で、ばあばと暮らすんだよ。だから、帰るおうちはばあばのおうちなんだよ」

祖母は、決して声を荒《あら》らげたりせず、根気よく結衣にそう教えてくれた。

理解するより諦めるほうが早かったというのは、少し寂しいことではあるのだが、結衣は半月ほどで「かえりたい」と言わなくなった。母の話題を口にすることもなくなり、いつも部屋の中で人形遊びをする小さな結衣を、祖母はある日、外食に連れ出した。

その店こそが、『ラベンダー』だったのだ。

当時、大人の客の多かった『ラベンダー』で、店主の敏夫は結衣のためにメニューにないお子さまランチを作ってくれた。敏夫の妻である善子《よしこ》は、わざわざ近くのスーパーまで行って、子ども用のオレンジジュースを買ってきてくれた。

「おいしい！」

目を輝かせた結衣を、祖母も敏夫も善子も、そして店にいた常連のお客さんたちも「そりゃよかった」と笑顔で見守ってくれる。結衣は、その瞬間に自分がひとりではないのだと心のどこかで感じた。五歳児なりに、自分が両親から不要な存在だと疎《うと》まれていたことを、察していたのである。

そして。

結衣は、自分がかつて違う名字だったことも次第に思い出さなくなり、地元の幼稚園へ通い、物静かな少女に育った。父とは、両親の離婚以来、一度も会ったことがない。連絡先を知らないのだから、こちらから連絡のしようがなかった。母は毎年、クリスマスプレゼントを送ってくれるけれど、直接会ったのは一、二度きりで、結衣は中学生になった。中学一年の六月、母が二度目の結婚をすることになり、祖母と結衣は披露宴の出席のために東京へ行った。

久しぶりの母との再会に、十三歳の結衣は様々な思いを抱えていたけれど、いちばん大きかったのはやはり「お母さんに会えるのが嬉しい」という気持ちだった。

そんな彼女の心を裏切るように、母は結衣のことを「親戚の娘なの」と夫となる男性の一族に紹介した。

母の再婚相手は、離婚後に同棲していた男性ではなく、八王子で開業医をしている年上の男性だった。相手の城月《きづき》氏には当時二十六歳の息子がおり、その青年も医師として大学病院に勤めていた。

周囲に人がいないときを見計らって、祖母が母に「美恵子《みえこ》、どうして結衣のことを親戚の子だなんて言ったの」と問いかけるのが聞こえ、結衣はいたたまれなくなり、その場を離れた。母が、なんと答えるのか聞きたくないと思ったのだ。その答えがどんなものだったとしても、きっと結衣には悲しい言葉でしかない。

会場を抜け出し、中庭のベンチに座っていると、「結衣ちゃん？」と声をかけられた。

「……は、はい。どなたですか？」

声の主は、人のよさそうな青年だ。

「こんにちは。僕は城月誠一《せいいち》です。結衣ちゃんは……美恵子さんの娘さんだよね」

そう聞かれて、返事に詰まる。

母は、結衣を親戚の娘だと紹介した。実の娘だとは、誰にも言っていないのだろう。

――この人、城月さんっていったから、きっとお母さんの旦那さんになる人の親戚だ。

結衣は、即座に首を横に振った。肩口で切りそろえた黒髪が揺れる。

「違います。わたしは、美恵子おばさんの親戚です」

母親を「おばさん」と呼ぶことに、胸がずきっと痛みを訴えた。だが、これから幸せになろうとしている母の足を引っ張りたくはない。

「いいんだよ。僕は知ってる。というか、父さんもほんとうは、結衣ちゃんが美恵子さんの娘だと知っているんだ」

「父さん……？　城月さんは、えっと……」

「きみのお母さんは、僕の父と結婚する。だから、きみは僕の妹になるんだよ」

誠一は、母の再婚相手の息子だった。

城月の親族が、結衣を引き取らないことを条件に誠一の父と美恵子の結婚を認めたため、招待客の手前、結衣のことを親戚の娘として扱うと決めたのだという。

「結衣ちゃんは、そのことを知らなかったんだね」

優しい目をして、誠一はそう言った。

ここへ来てから、ずっと我慢していた何かが、結衣の中で弾けそうになる。鼻の奥がツンとして、気を抜いたら涙がこぼれてしまいそうだった。

「いいえ、知ってました。お母さんは、わたしにちゃんと優しいんです。毎年クリスマスプレゼントを送ってくれて、メッセージカードだってつけてくれます」

おかしなことを言ったら、母の再婚に水を差す。結衣はそう自分に言い聞かせて、必死に笑顔を取り繕った。

「そっか……」

十三歳の精一杯の笑顔に、誠一はきっと事情を悟ったのだろう。彼は、結衣の隣に座ると、大きな手で頭をぽんぽんと撫でた。

「じゃあ、僕もクリスマスプレゼントを送ろうかな」

「えっ、そんな、もらえません」

「どうして？　だいじょうぶだよ。ほかの人には言わない。僕はね、ひとりっ子だったから妹ができて嬉しいんだ」

そして、結衣は誠一と連絡先を交換して富良野へ帰った。約束どおり、誠一は毎年クリスマスにプレゼントを送ってくれる。それだけではなく、誕生日祝いに進級祝いと、何かにつけて節目節目に手紙とプレゼントが届いた。

もちろん、東京と富良野の距離では披露宴以来、顔を合わせることはなかったけれど、結衣は遠くに自分の味方がひとりいる気持ちがして、誠一の存在に支えられていた。

高校に入学し、おとなしいながらも気の合う友人たちと楽しい日々を過ごしていた結衣に、悲しい出来事が起こったのは、十七歳の冬のこと。

高齢をおして働き、結衣の学費を捻出《ねんしゅつ》してくれていた祖母が、脳溢血《のういっけつ》で倒れた。運悪く、結衣が委員会の仕事で帰りの遅い日だった。帰宅して、台所で倒れている祖母を見つけたときには、自発呼吸もない状態になっていた。

救急車に乗って、一緒に病院へ行ったときのことはあまり覚えていない。

ただ、しわしわの祖母の手を握りしめて、必死に「おばあちゃん」と呼びかけていたような気がする。救急隊員から、離れるように何度も言われた。

　突然の嵐のような一夜が過ぎ、祖母の長い長い緊急手術が終わったあと、結衣は担当医から「大人の親戚はいないの？」と聞かれて、首を横に振った。

昨晩、ひどく不機嫌そうな声の母は、「そんなの、あたしに言われたって困るわよ。そっちでどうにかして」と言って電話を切った。もう頼る大人などいない。

「祖母には、わたししかいないんです。わたし、もう十七歳です。ちゃんと話を聞けます。教えてください」

深く頭を下げた結衣に、医師は「仕方ないね」と小さくため息をついた。

倒れてすぐに治療を開始できなかったことで、祖母の容態はあまりよくはない、と医師が言う。

「できるかぎりのことはしたけれど、ご高齢だから元通りの回復というのは望めない状況だね」

「リハビリとか、は……」

「もちろん、リハビリも必要になるよ。今後は介助もしくは介護を必要とする可能性が高い。ふたり暮らしだと言っていたけど、協力をしてくれる大人の方は近くに——」

医師の声が、ひどく遠く聞こえた。

手術から二十時間近くが過ぎて、ようやく目を覚ました祖母は、以前の祖母ではなくなっていた。

明るく優しい人だったのに、話しかけてもほとんど表情がない。聴覚に問題があるわけではなく、脳を血液で長時間にわたって圧迫されたことによる障害が残った。

数週間の入院を経て、術後の問題がないと確認された祖母は、自宅療養が必要になった。けれど、介護ベッドから起き上がることもままならず、日がな一日ぼんやりと天井を見上げているばかりの祖母を、自宅にひとりで放っておくわけにいかないのは、考えるまでもないことで。

退院直前、結衣は悪いと思いながらも、祖母の和室にある小さな物入れを開けた。そこには、祖母が通帳や貴重品をしまっている。通帳の残高は、結衣に大学進学させるため、祖母が貯めてくれていたお金だ。

――最初から、わたしは進学なんてしようと思っていなかったんだよ、おばあちゃん。

地元で就職し、祖母に恩返しをしよう。そう思っていた結衣に、祖母は「結衣ちゃんは勉強もできるんだから、ちゃんと大学に行かなきゃ駄目だよ」といつも言ってくれていた。

だが、こうなってわかるのは、千原家の家計は決して楽ではなかったということだ。

結衣は、高校を中退し、自分で祖母の介護をしようと決めた。行政のサービスを活用しても、毎日ヘルパーさんに来てもらうわけにはいかない。まして、結衣が学校にいる間、ずっといてもらうことも難しい。

高校をやめることに、それほど迷いはなかった。それよりも、この先どれくらいの時間が自分と祖母に残されているのか。そのことを考えると、心臓が痛くなる。胸をぎゅっと押しつぶされるような気がして、結衣は不安で自分の体を抱きしめた。

それが、もう四年前のことになる。

祖母は自宅で一年半を過ごし、結衣が十九歳の初夏にこの世を去った。早咲きのラベンダーが揺れる中、結衣は自宅で祖母を見送った。

通夜に来てくれた『ラベンダー』の葉崎夫妻が、ひとりぼっちになった結衣に「うちの店で仕事をしないか」と声をかけてくれたのは、とてもありがたかった。

もう、祖母の残してくれたお金は底をつきかけていたのだ。

介護のかたわら、アルバイトをしようと思ったことも何度かある。けれど、その間祖母がひとりになることを考えると、どうしてもふんぎりがつかない一年半だった。

――おばあちゃんは、もうこれ以上、今のふたりだけの生活を続けられないってわかっていたから、きっと逝ってしまったんだね……

あと二、三カ月もすれば、このつましい生活すら失われる。それは、目に見えていた。

この先、どうやって生きていこう。

大好きだった祖母を喪い、結衣は自分が空《から》っぽだと感じた。明日のことさえ考えられず、前にも後ろにも動けない。

その矢先、『ラベンダー』で働かせてもらえることになったのだ。今にして思えば、葉崎夫妻はきっと結衣の気持ちを見越していたのだろう。朝の仕込みから夕方の閉店まで、一日八時間の仕事は、悲しみに暮れる時間を結衣に与えなかった。朝食と昼食を、店で葉崎夫妻と一緒に食べられるのもありがたい。ひとりでは、きっと食べることさえ忘れてしまったか、あるいは祖母のいない食卓に涙をこぼしていたのではないだろうか。

高校編入をすすめてくれたのも、葉崎夫妻だった。以前に通っていた高校の配慮で、結衣は高校二年次までの修了を認められている。三年次からの編入が可能な状況だ。

あと一年で高校卒業なのだから、と葉崎夫妻は学費を援助してくれた。二十一歳の春から、結衣は『ラベンダー』の仕事が終わると、十八時からの定時制高校に通う日々を送っている。

今はもう、九月。

来年の三月には、無事に卒業できる見込みだ。

この町は、結衣にたくさんのものを与えてくれた。優しい人々に囲まれて、どんなに寂しいときでも誰かが助けてくれた。どんなに苦しいときでも誰かが支えてくれた。

しかし、結衣の住む町の高齢化は市内でもかなり進んでいるほうである。そもそも、富良野は全国平均よりかなり高めの高齢化率なのだが、古い住宅地のあるこの町には、結衣の知るかぎり同世代の子はほとんどいない。高校を卒業すると、皆地元を離れていく。道内に留まる者もいるが、東京へ行く者も少なくなかった。

ずっと、ここにいたい。そう思う反面、大好きな住民のおじいちゃんおばあちゃんが、遠くない未来、自分を置いていってしまうこともわかっている。

結衣の住む世界は、とても狭く、だからこそ優しさでできていた。いつか自分は、ここから出ていくことになるのかもしれない。そう思うと、祖母を喪《うしな》った日と同じように胸が苦しくなる。

だから。

結衣は、何も考えないように自転車をこいだ。

風を切って走る自転車は、後ろに下がることができない。前へ、前へ、ただ前へしか進めない自転車が、結衣は好きだった。


♪。+.゜+。♪。+.゜+。♪


その洋館は、結衣が子どものころから住人がおらず、お化け屋敷と噂のあった家だった。

二週間前。

偶然、結衣はその家の玄関から出てくるひとりの男性を目撃し、驚いたものである。

最初は、何かの見間違いかもしれないと思った。この町に、新しい住人が引っ越してくることはとても珍しいからだ。

だが、その数日後、二度目に彼を目撃したとき、思わず「こんにちは」と声をかけた。

結衣の声に、庭に立っていた男性はびくっと体を揺らし、声の主を探すように左右を見回す。その仕草に、引っ掛かりを覚えた。

「……あ、あの、急にすみません。数日前にもお見かけして、ここに引っ越してこられたのかなと思ったものですから。わたし、近所に住んでいます、ちは――」

「悪いが、今日はほとんど見えない日なんだ。あなたがどこのどなたかは知らないが、俺にかまわないでくれ」

低い、声だった。

結衣を突き放しながらも、世界のすべてに絶望するような孤独を抱えた声に思えた。

そして。

結衣は、そういう声に覚えがあった。祖母を喪ったばかりの自分の声だ。

「……今日は、見えない日なんですか？」

かまうなと言われたのは承知の上で、結衣は小さく問いかける。日によって、体の状態に変化があるのは病気ならばおかしなことではない。

だが、庭に立つ男性は、顔色こそすぐれないものの、長身に引き締まった体つきの、三十代と思しき精悍な顔立ちをしている。

「俺は、かまわないでくれと言ったんだが」

よく見れば、深い二重の下の双眸《そうぼう》は、焦点が合っていなかった。こちらを見ているのに、何も見ていない瞳。

だからだろうか。

彼は、足元に大きな庭石があることにも、気づいていない様子である。

「すみません。あの、でも足元に――」

「かまうな。帰れ」

そう言って、彼が踵《きびす》を返す。

普段なら、間違いなく結衣はこうなるより以前に、この場を立ち去っていただろう。けれど、なぜかこのときは、彼を放っておけなかった。それが自分の勝手なおせっかいだとわかっていても、声をかけずにいられない何かを感じていたのだ。

男性は、白杖《はくじょう》らしきものも持っていない。自宅の敷地内ならば、見えずとも歩けるのかもしれないが、結衣が声をかけたせいで彼は急いで家に戻ろうとする。

「あっ、待ってください！」

危ない、と思ったときにはもう遅くて。

彼のつま先が、茂った夏の雑草に引っ掛かり、長身の体が地面に倒れたとき、結衣は反射的に庭先に足を踏み入れていた。不法侵入、という単語が脳裏をよぎる。けれど、そんなことを言っている場合ではない。

「……っ、くそ……」

彼は、ひどく憎々しげな声で悪態をつくと、庭の土で汚れた顔を手のひらでこする。

「だいじょうぶですか？　ごめんなさい、わたしが声をかけたせいですよね。よかったら、消毒のお手伝いをさせてください」

親切な老人に囲まれて育ったせいか、結衣は他人を疑うということをしない性格だった。この町には、子どもを誑《たぶら》かすような悪い男もいないのだ。

「うるさい。勝手に人の庭に入ってくるな！」

怒鳴られても、当然のことをしている。その所作や態度から、彼はもともと目が見えないのではなく、最近視力を失ったのかもしれないと感じた。

「……はい。勝手にお庭に入ったのは謝ります。でも、今日は見えないと言っていましたよね。だったら、せめて傷の手当てだけでもさせてください。お願いします」

土の上についた大きな手に、そっと両手を重ねる。その手が、震えていた。彼は、ままならない自分の体に、そして無神経に声をかけた結衣に、苛立ちを感じているのだろう。

彼は、結衣の手を払いのけなかった。

しばしの沈黙ののち、ため息をひとつ。それから落ち着いた声で「わかった。手当てを手伝ってくれ」と言った。強引に手を貸そうとする結衣に押し切られた感もなくはない。

肩を貸して、洋館の中へ。

外から見るより、内部は手入れがされていることに驚いた。だが、考えてみれば古い建物だというだけで、窓や庭の手入れをしている業者の姿をたまに見かけた。持ち主はこの屋敷を大切にしてきたのだろう。

「どちらに座りますか？」

広いリビングには、応接用のソファセットとダイニングテーブルがある。どちらも古いが、テーブルは磨かれ、ソファはほこりひとつない。

「ソファで頼む」

「はい」

彼をソファに座らせると、救急箱の場所を尋ねた。しかし、この家の主らしき男性は、「わからない。適当に探して、なかったらタオルでも濡らしてきてくれればいい」と投げやりに答える。

――もしかして、普段は全部奥さんにやってもらっているのかな。

年齢からして、妻帯者でもおかしくない。それに、何より目が見えないのならばひとりで暮らしていくのは難しいだろう。

カップボードの下の段は、観音開きの戸棚になっている。そこを開けると、運良くすぐに救急箱が見つかった。

「救急箱、ありましたよ」

緑色の蓋にクリーム色のケース。結衣は、箱を手にソファまで戻る。彼の足元にしゃがみ込んで、顔を見上げた。黒目がわずかに揺らぐ。このくらい近いと、認識はできているのだろう。

「先に、手を洗ったほうがいいかもしれません。それとも、タオルを絞って拭きますか？」

洗ったほうが早いとわかっていたが、彼は移動したくないかもしれない。そう考えると、タオルを借りるべきか。

――でも、タオルを使ったら洗濯物が増える。結婚しているのかと思ったけど、指輪はしていないみたいだし……

彼の左手には、指輪も、指輪をはめていた痕跡もなかった。

「タオルは洗面所にある。見ればすぐわかるはずだ。それと、洗面所は廊下に出て左に進んだ先の引き戸の向こう」

「わかりました。ありがとうございます」

立ち上がった結衣が礼を言うと、急に彼が手首をつかんできた。

「……どうかしましたか？」

「なぜ、俺に関わろうとする？　きみは、ほんとうに偶然声をかけてきたのか？」

その質問の意味が理解できず、数秒考える。

――もしかしたら、泥棒や詐欺だと思われたのかな。

「それとも、誰かに頼まれて俺に近づこうとしているのか？　だとしたら、無駄なことだ」

「あの、わたしは近所に住んでいるんです。誰にも頼まれてませんし、ねずみ講とかマルチとか、新興宗教にも関わってないので、安心してください」

「……ねずみ講？」

なんの話だ、とでも言いたげに、彼が首を傾《かし》げる。

名前も名乗っていなかった。どこの誰かわからなければ、不安になって当然だろう。

「わたしは、この近くの小さなレストランで働いてるんです。お店の名前は――」

「いい。聞きたくない」

「え……？」

彼が、ぱっと結衣の手を放す。

「俺は、きみの住所も職場も名前も知りたくないと言ったんだ。それから、俺に名を尋ねるのもやめてくれ」

「……そ、そうですか。ごめんなさい」

結衣とて、平和な町で育ったからといって誰かに拒絶されたことがまったくないわけではない。だが、名前を名乗ることさえ拒まれるというのは、初めての経験だった。

「それじゃ、洗面所にタオルを取りに行ってきます」

返事はなかったが、結衣は黙って廊下へ出ることにした。彼にとっては、結衣から声をかけられたことも、転倒したことも、それによって擦り傷を負ったことも、すべてが不快な出来事だったに違いない。

——不用意に声をかけたのがいけなかったんだ。あの人が、少しかっこよかったから興味を持った……つもりはなかったけれど、もしかしてそういう理由もあったのかな。

彼は、厭世的《えんせいてき》でありながら生命力も感じさせる。輪郭は細いが、骨格はしっかりしていて、触れた手は力強い。整った顔立ちに、薄く剃り残した髭《ひげ》が色香を感じさせる。男性に対して色っぽいというのはおかしいのかもしれないけれど、まさしくそれしか形容する言葉が思いつかなかった。

濡らしたタオルで、土のついた手と顔を丁寧に拭う。目を閉じ、黙って結衣のするがままに任せる彼は、どこか存在感が希薄だった。

「……手のひらに傷ができているので、消毒しますね」

「ああ」

大きな手のひらが、結衣のほうに差し出される。長い指は関節が骨ばっていて、どこかゴツゴツして見えた。

「しばらくすれば、少しは見えるようになるはずなんだ。今日は天気がいいから、それもあって……くそ、なんで俺はこんなことを見ず知らずの人間に……」

話しかけてくれたかと思うと、彼はすぐに自分の語った言葉に苛立った様子で舌打ちをする。

「もし、何か言いたいことがあったら、言ってください」

結衣は、小さな声でそう言った。

祖母と自宅で過ごしたあの時期、かつて優しかった人が体の不自由さに変貌していく様を、結衣はずっと見てきた。それでも、祖母は結衣に苛立ちをぶつけることもなく、己を呪うように独り言を繰り返していたのだ。

——誰かに聞いてもらったほうが、きっといい。だって、やりきれない思いを自分の内側に向けて繰り返すのは、つらいことだと思うから。

「なぜ俺が、」

言いかけた彼の手に、消毒液を吹きかける。一瞬、息を呑むのが伝わってきた。

「……わたしには、話を聞くくらいしかできることがないからです」

自分の無力さに、何度打ちのめされただろう。先の見えない介護は、不安と葛藤の毎日だった。

だが、それでも、今ならわかる。どんなに心細くても、ひとりではなかったあの日々。祖母が生きていてくれるだけで、自分は救われていた。

──おばあちゃんは、どうだった？　もう、早く楽になりたいと何度も言っていたよね。今は、楽になれた……？

逞《たくま》しい男性が、自分の祖母と重なるだなんて言えば笑われるかもしれない。不快に思われるかもしれない。なのに、どうしても結衣は、彼を放っておくことができなかった。あるいは、自分がひとりになりたくなかっただけなのかもしれないけれど。

「俺の話なんか聞いたところで、きみに得はない」

「そうでしょうか」

消毒を終えた手のひらに、滅菌《めっきん》ガーゼをサージカルテープで貼る。まだ目を閉じている彼は、ぎり、と歯をきつく嚙みしめていた。

「……これで、終わりです。救急箱を片付けてきます。ご迷惑をおかけして、すみませんでした」

傷口を覆ったガーゼを、そっと撫でる。傷が早く治りますように。そんな思いを、心の中でだけつぶやいた。

ほんとうは、もっと彼に聞きたいことがある。

介護をしてくれる家族はいるのか。ホームヘルパーサービスは利用しているのか。今日は見えない日だと言っていたが、見えるときはどのくらい見えているのか。

彼にすれば、結衣などいなくとも困らないはずだ。自分にできることなど、ありはしない。そう思っているのに、心がざわつく。

「終わったなら、早く帰ったほうがいい。若い女性が、男のひとり暮らしの家になんて上がるものじゃないからな」

その言葉に、「ああ」と声が出そうになった。引っ掛かっていた何かの理由が、わかった気がしたのだ。

横柄にも思える口ぶりで、けれど彼はどこか優しい。それは、悲しい人の持つ優しさだ。孤独の中で、ひどく震えているときのギリギリの優しさなのだ。

「ひとり暮らしなんですね」

救急箱をしまい、結衣はそう尋ねた。

「今、そう言っただろう。きみは耳が悪いのか。それとも頭が悪いのか？」

ソファで腕組みする彼が、面倒くさげにフンと息を吐く。

「どちらでしょう。たぶん、頭のほうかもしれません」

「…………おい、俺は別に本気で言ったつもりは」

「わかっています。邪魔をしてしまって、怪我までさせてしまって、ほんとうに申し訳ありませんでした。あの……それでは、わたしはこれでおいとまします」

返事はなかった。

古く、広い洋館。

ごく普通の住宅地には異質さを感じさせるその建物に、彼はひとりで暮らしている。

低い声と人を寄せつけない話し方、そして傲慢《ごうまん》を装いながらも優しい人。

屋敷を出て、門の外に停めたままの自転車にまたがると、心のどこかがジリ、と焼けるような痛みを覚えた。

だけど、きっとそれは気のせいだ。

まだ太陽が落ちきっていないから、残暑の日差しに焼かれたような気がしただけだ、と結衣は自分に言い聞かせる。

後ろ髪を引かれる思いで、彼女はその洋館をあとにした。


あの日から、十日が過ぎた。

仕事の上がりが遅くなった結衣は、普段より自転車をこぐ足に強く力を入れる。前カゴに入れたビニール袋の中で、スーパーで買った野菜や果物がガサガサと音を立てていた。

洋館の表札には『矢来』という文字が、うっすらと刻まれている。もとは、おそらくもっとしっかりと刻まれたものだったのだろうが、年月を経た今ではかろうじて読める程度だ。読み方は『やらい』だろうか、それとも『やぎ』、あるいは『やく』かもしれない。

けれど、結衣はそれを問うたことはなかった。

初めてこの洋館に上がり込んだのち、結衣は彼を見かけるたびに声をかけた。嫌がられるのはわかっていたが、ひとりで暮らしているという名も知らない彼を、なんとなく気がかりに思う。

——それに、相手には見えないからといって、こちらからは見えているのに無視して通り過ぎるのもおかしい。

そんな理由をつけて、何度か挨拶《あいさつ》をかわすうちに、次第に彼の拒絶は薄らいできた。

相変わらず名前すら教えてくれないし、年齢とて知らない。けれど、八月の半ばにここへ引っ越してきたばかりだということや、目の調子がいい日に買い出しに出かけていることなどは聞いている。

彼が視力に問題を抱えた原因については、どちらからも話題にしなかった。

玄関前に自転車を停めると、結衣はスーパーのビニール袋を持ってインターフォンを鳴らす。古い建物だが、水回りやセキュリティ対策などは最新のものに変えてある。

『……はい』

インターフォン越しに、彼の低く不機嫌そうな声が聞こえてきた。

「こんにちは、わたしです」

彼が名乗らないのと同様に、結衣も自分の名前を伝えていない。別に、結衣としては名乗って困ることもないのだが、彼はそれを知りたくないと言ったからだ。

『ああ、鍵は開いてる』

だから、勝手に入れ。

言葉少ない年上の男は、言外にそう伝えるとインターフォンを切る。ぷつっと音がしたのを確認してから、結衣はドアノブに手をかけた。

何度かの挨拶と、『ラベンダー』でもらった余り物のおかずを分けてあげたことで、結衣は彼と少しだけ親しくなった――と、自分では思っている。現に、こうして買い物を届けたり、時間が許すときには簡単な常備菜を作っていく。

「こんにちは。お邪魔します」

リビングの扉を開け、ソファに座る彼に声をかける。

ラフに分けた前髪は、少しクセがあって自然に左右に流れるのか、見えていなくとも彼は髪も服もきちんとしていることが多かった。

けれど、その瞳は結衣をとらえることはない。初めて会った日、彼は「今日は見えない日」と言ったが、あれ以来結衣と顔を合わせて、「見える日」は一度もなかったからだ。

だが。

「……白いワンピース、か」

こちらに顔を向けた彼が、目を眇《すが》めるようにしてそう言った。

たしかに、結衣は今日、白のチュニックにデニムのスキニーパンツを着ている。

「見えるんですかっ!?」

普段から声の小さい結衣だが、そのときばかりは勢いこんで問いかけた。

「輪郭がやっとだな。顔のパーツまでは見えない。だが、きみは俺が思っていたより、もしかして若いのかもしれないな」

年齢を答えるのは簡単だ。そもそも秘密にするつもりだってなかった。

――だけど、きっとわたしが年齢を言うのを、この人は求めていないんだ。

何度か短い時間を共有するうちに、結衣にも彼のことがだんだんわかるようになってきている。過去や未来にまつわる話を好まず、自分の素性を探られることを嫌がり、同時に結衣についてのそういった情報を得ることを避けようとする。彼にとって、自分は『何者でもない誰か』のままでいることに意味があった。少なくとも、結衣はそう感じている。

「白のチュニックくらい、近所のおばさんだって着ていますよ」

だから、あえて年齢について言及はしなかった。

「チュニック。そうか、ワンピースではなくチュニックと言うんだったか。女の服は俺にはよくわからないが」

そう言うと、彼はかすかに笑う。

笑うのだ。

――それが嬉しいけど、口に出したらきっと嫌な顔をされるから、余計なことは言わないでおこう。

「野菜と果物、買ってきました。果物は、洗うだけで食べられるぶどうです。種はないから、皮ごと食べてください」

ダイニングテーブルに自分のカバンを置き、結衣はスーパーで買ってきた食材を、台所の冷蔵庫にしまう。ぶどうときゅうりは、前もって水洗いをして、セロリとレタスはそのまま野菜室へ。

「あ、おかず残ってますよ。またシリアルと牛乳ですませたんですか？」

「面倒だったから仕方ない」

見えない日――つまり、今まではいつも、ソファに座ったままだった彼が、今日は結衣のあとを追うように台所まできていた。

「……っ、あの」

冷蔵庫を開けたままの結衣に、彼がぐいと顔を近づけてきた。

鼻先がぶつかりそうなほどの距離に、思わず顔を背ける。すると、彼が大きな手で結衣の顎をつかんだ。

――何、するんですか……？

心臓が、バクバクと大きな音を立てる。開けたままの冷蔵庫から、冷気がふたりの間を通り抜け、そのせいで彼の吐息がやけに熱く感じられた。

「このくらい近づいたら、少しだけ顔立ちが見える。……が、近すぎてパーツしか見えないな。それもぼんやり見える程度か」

ピー、ピー、と冷蔵庫が電子音を響かせる。開けっ放しを防止するための警告音だ。

「何か鳴ってるぞ」

そう言って、彼は壁伝いに体を支えながら立ち上がった。

「すみません。冷蔵庫を開けっ放しにしていたもので」

手早くレタスとセロリをしまって、扉を閉める。

彼につかまれた顎が、まだ熱い。それに、心臓は落ち着きを取り戻せそうにない。

「レタスとセロリ、冷蔵庫にあります。あと、きゅうりは洗ってあるから、そのままかじってもだいじょうぶです」

早口に言うと、彼を台所に残したままでリビングへ戻る。

富良野といえども、九月初めの日中はまだ暑い。朝夕は涼しく過ごしやすいのだが、今日はやけに体温が高く感じた。

「俺はセロリは嫌いだ」

ふいに背後から聞こえた声に、結衣はびっくりして振り返る。結衣よりずっと年上で、いつもどこかけだるげな彼が、子どもみたいに口を尖らせていた。

「えっと、好き嫌いは……」

「よくないと言いたいんだろうが、セロリを食べないからといって死ぬわけでもない。同じ栄養価のあるほかのものを食べればいいだけだ」

「それはそうですね」

「だから、セロリは食べない。ほかに食べられないものはないが、セロリだけは無理だ」

と、なぜか威張る彼が、かわいく見えてくる。

笑ってはいけないと思うのに、どうしてもこらえきれなくて、結衣は口元を手で覆った。

普段なら、笑い声さえ漏らさなければバレることはない——が。

「その動作はどういう意味だ？　まさかとは思うが、笑ったんじゃないだろうな」

「あっ……」

今日は、ふたりにとって初めての「見える日」なのだ。とはいえ、表情までは見えないし、かなり至近距離でもはっきり見えるわけではないらしい。

「ごめんなさい。なんだか、かわいいなって思ってしまいました」

「……俺はかわいくなんかない。きっときみのほうがかわいらしいんだろうよ」

投げやりな口調で、ソファではなくダイニングテーブルの椅子に座る彼は、それ以上何も語らなかった。

「それじゃ、そろそろ時間なので行きますね。食事、ちゃんと食べてください。また何か、作りにきます」

「ああ、悪いな」

結衣は、このあと定時制の高校へ行かなければいけない。だが、その事情も彼は知らなかった。個人的なことを聞きたがらない相手に、無理に説明することでもないからだ。洋館を出て、自転車に乗って。

――セロリ、嫌いなんだ。ミネストローネにしたらどうだろう。それとも、ミートソースならわからなくなりそうだけど……

高校へ着くまで、結衣はずっとセロリをいかに食べやすく調理するかを考えていた。

そして、気づかずに食べた彼に「実は、セロリが入っていたんですよ」と言ったら、今度はどんな表情を見せてくれるだろうか。

優しい人たちに囲まれて、あたたかな小さい町に暮らしていても、ひとりぼっちの胸の奥には誰も触れることができない。

その空洞に、彼の存在がぴたりとハマってきていることを、結衣はまだ気づいていなかった。気づきたくなかったのかもしれない。

♪。+.ｏ.+。♪。+.ｏ.+。♪

その週の金曜日、『ラベンダー』は急な休みになった。

電話でそのことを聞いた結衣は、敏夫か善子が体調を崩したのかと心配したけれど、ふたりの孫がとある事情で相談に来るのだと聞いてほっとした。

――そっか、お孫さんが来てるのか。ふたりとも、喜んでいるだろうな。

葉崎夫妻の息子は、東京で暮らしている。富良野へ来ることは、数年に一度だ。それも、孫が大きくなってからは、ほとんど顔を見せなくなっていた。

仕事がなくなり、予定があいた結衣は、朝から自宅の台所でお弁当を作ることにした。折しも、昨日までの雨が上がり、今日は快晴だ。二階のベランダには、洗濯物が気持ちよくはためいている。

――あの人は、洗濯は全自動で乾燥機を使うって言っていたけれど……

洗濯物はそれでもかまわないが、彼本人はいつも家にこもっていたら、ますます顔色が悪くなりそうだ。

せっかくの立派な体なのだから、たまには外に出て歩いたほうがいい。

おせっかいなのはわかっている。彼が日中、どう過ごしているか聞いたこともないのだから、午前中から訪問して迷惑がられるかもしれないのも予想がついている。

けれど。

結衣は、おにぎりと唐揚げと蒸したとうもろこしとプチトマトのお弁当を作って、彼の住む洋館を訪れた。

ピンポーン、ピンポーン。

インターフォンを鳴らせど、今日は彼の声が聞こえてこない。

外出しているのだろうか。それとも、もしかしたら午前中は寝ているのだろうか。あるいは、人に会いたくない日だってあるかもしれないけれど。

なぜだろう。ひどく胸騒ぎがした。

もしも。

この大きな洋館でひとりぼっちの彼が、転んで怪我をして動けずにいたら――

そんなことを考えて、寒気がする。

「あ、あの、こんにちは」

結衣にしては、精一杯の大きな声で、呼びかけてみた。古いながらも、いや、古いからこそ頑丈な分厚い木製のドアは、結衣の声を遮《さえぎ》っているようだった。

――ごめんなさい。

心の中で謝ってから、無断でドアノブをひねる。すると、鍵はかかっておらず、ギイ、と小さな音がしてドアは簡単に開いた。

「こんにちはー、いますかー?」

そこで、「千原です」と名乗りそうになるものの、彼は結衣の名字さえ知らない。名乗ったところで不審なことに違いはないだろう。

「いつもの、近所の者です。あの、いたらお返事してください。心配で、勝手に入ってしまいました。ごめんなさい。こんにちはー」

必死の説明口調にも、彼の返事はない。

玄関を入ってすぐの、よく磨かれた螺旋《らせん》階段。結衣は、一階に彼の気配を感じないことで、その階段をのぼることを決心した。玄関扉と同じく、古くはあるがしっかりとした造りの階段を、一段一段踏みしめるようにのぼっていく。

——わたしの気のせいであってほしい。彼は元気で、ぐっすり眠っているだけで……。

「なぜ勝手に人の家に上がり込んだ」と怒られてしまうかもしれない。でも、何かあるよりそのほうがずっといい。

不安が胸に広がり、結衣は二階に到達する。

それにしても、相手の名前を知らないというのは呼びかけるときに不便だ。結果、結衣はこんにちはを連呼している。

「こんにちはー、あの、どちらにいるんですかー……」

一階に比べて、二階はどこか薄暗い。廊下の窓が高い位置にあり、しかも採光には少々角度が悪いせいかもしれない。

「あのー、こんにちはー……」

唐突に。

ガタン、と音がして、左手にあるドアのひとつが開いた。

そこから、ひどく顔色の悪い彼が姿を現す。

「——どうして、こんなところまで上がってきたんだ」

かすれた声、乱れた前髪、上半身は何も身に着けずにパジャマの下だけを着た彼が、どこかうつろな目をして結衣のほうに顔を向けた。

けれど、短いつきあいでもわかる。

彼の表情から見て、今日は「見えない日」だ。

「……すみません。お返事がなかったので、倒れていたらどうしよう、って……あっ！」

ぐらりと彼の体が傾ぐ。

結衣は、反射的に両腕を伸ばした。

長身の彼を支えるなんて、できるはずがない。本気で彼が体重をかけてきたら、ふたりそろって倒れるのは目に見えている。

それでも、放っておけなかった。

「…………あ、あれ？」

結果だけをいえば、結衣は床に頭から倒れ込むことはなく、彼の広い胸に抱きしめられた状態である。

「無防備にもほどがある。きみは、俺のことをなんだと思っているんだ？」

「なんだと思って、って……。それは、あの」

名前すら知らない彼。

視力に問題を抱えているのに、この広く古い洋館でたったひとりで暮らしているのを、どうしても放っておくことができない相手。

──改めて尋ねられると、答えられない。理由なんてわからない。

あるいは、それは同情に近い感情だったのだろう。同病相憐《どうびょうあいあわ》れむなんて言えば、彼は気分を害する。

彼をひとりぼっちだと思うのと同時に、結衣もまた孤独のふちに立っていた。眼前には、美しく澄んだ湖がある。そこに飛び込めば、見た目以上の冷たさに一瞬で心臓は凍りつくと知っていて、結衣はずっとその湖面を見つめ続けるような毎日を過ごしている。

決して、何かを終わらせたいわけではない。

現状に不満があるわけでもない。不満なんて、持つことを自分に対して許せない。

けれど──

力強い腕に抱きしめられ、無防備だと言われたにもかかわらず、結衣はそこから逃げようと思えなかった。聞こえてくる心臓の音が、彼が絶対に口に出さない言葉を伝えてくれている気がする。もちろん、そんなの結衣の勝手な思い込みだ。彼はそんなこと言わない。言うはずがない。

——行かないで——

——ひとりにしないで——

知っている。それは、彼の言葉ではなく自分の言葉だ。

「見えないからといって、きみひとり自由にするくらい、そう難しいことじゃない。現に、こうして抱きしめたらきみは逃げられないだろう？」

「……優しいんですね」

彼の腕の中で、結衣はそっと右手を伸ばす。無精髭の残る彼の頬に、指先で触れてみた。

「っ、何を……」

たじろぎに、彼がわずかに身を引いて。

「きみはバカか。何を言われたのかもわからないのか!?　俺がきみにひどいことをしても、誰も助けてはくれないと——」

いっそう、語気を強める。

わざとひどい言葉を選ぶのは、結衣の浅はかさを思い知らせるためなのだろう。

「……ほんとうにひどい人だったら、きっと警告なんてしないでわたしを自由にすると思います」

——行かないで——

——ひとりにしないで——

誰も、結衣のそんな想いに応えてくれなかった。いつだって、気がつけば結衣は取り残される側に立っている。

覗き込んだ孤独は、寂しくなんてない。そこに身を委ねてしまえば、きっと自分がひとりぼっちだということさえ忘れられる、ひんやりとした優しさすらたたえていた。

「それに、わたしに何かしようと思ったら、もっと早い段階で好きにできたはずです。当たり前ですよね。男性のひとり暮らしの家にのこのこ上がり込んでいるんですから」

「きみ……は……」

わかっていなかったわけではない。

そう告げる結衣に、彼が戸惑いを見せた。

それでも彼の瞳に光はなく、こちらを見つめていても結衣の表情はわからないのだろう。

「……安心、しました」

伝わらないのを承知で、彼に微笑《ほほえ》みかけた。

「ひとりで倒れていたらどうしようって、気になっていたんです。だから、そうじゃなくて無事だってわかってよかったです。あの……勝手におうちに上がってごめんなさい」

「ああ、いや。それはかまわない。だが、待ってくれ。きみは、」

一方的に会話を打ち切ろうとした結衣を、逃がさないとばかりに彼は腕に力を込める。

しかし、その続きは言葉にならないらしかった。

ゆうに十秒以上の沈黙ののち、結衣は「お散歩に行きませんか?」と小さな声で尋ねる。

「……散歩?」

「はい。今日は、偶然時間があいたので、お弁当を作ってきたんです。天気がいいから、きっと気持ちいいですよ」

覗き込んだ孤独には、蓋をして。

そう言った結衣に、彼が神妙な表情で頷いた。

「……そうだな。たまには外に出るのも悪くない」

ゆっくりと、彼の腕が離れていく。それが、なんだかひどく寂しく感じたけれど、口に出すことはしなかった。


髭を剃り、髪を整えて、着替えを終えた彼とふたり、結衣は隣町にある公園へ向かった。隣の町には、集合住宅が多いこともあって、小さな子どものいる家庭も多い。

道すがら、普段はあまり自分のことを語らない彼が、一年前に事故に遭ったのだと話してくれる。

「仕事で疲れていて、明け方に家へ帰ろうとしたところを、車に轢《ひ》かれたらしい。『らしい』というのは、どうもそのあたりの記憶が曖昧《あいまい》だからな」

「そうだったんですね……」

「頭をひどく打って、二カ月も意識がなかったそうだ。目が覚めたときには、体の傷は癒えていたんだが、視力が極端に弱くなっていた」

見えないというのは、完全に視力を失っているということではない。彼の場合、視覚神経近くの血管に、手術の輸血が原因と思われる血の塊《クロット》ができているという。それにより、視覚神経が圧迫されて、視力障害が発生した。

光は感じられる。調子の善し悪しによって、見える具合は異なるそうだが、完全に見えないわけではない。極端に視力が低下しているため、現状では眼鏡による視力矯正は効果がなく、比較的見える日でも、ものの輪郭がぼんやりわかる程度らしい。

「自然治癒の可能性がないわけじゃない。ただ、現時点でもこの目が元通りになるかどうかは、五分五分だと言われている」

「だったら、手術をすれば治るんですか？」

「……おそらくは」

歯切れの悪い返事で、彼が手術に乗り気でないのだと結衣にもわかった。

脳の血管に障害が起こっているという時点で、ひどく恐ろしい状況に感じてしまう。祖母が脳溢血で倒れたこともあって、結衣にすれば彼の病状は他人事ではない。

「……重い話をしてすまなかった。そろそろ、公園か？　子どもの声が聞こえてきたな」

彼がそう言って、つないだ手にわずかに力を入れる。

——手術については、きっと何も言われたくないんだ。だって、手術をすれば元通りになる可能性を、本人がいちばん知っているんだもの。

だから、結衣もそれに関しては何も言わなかった。

「そうですね。もう公園の入り口が見えますよ。平日の午前中に公園に来るなんて、わたしもほとんどないから、なんだかワクワクします」

「ワクワク？　きみはたまに、子どもみたいなことを言う」

彼が、薄く笑みを浮かべる。

その笑顔を見た瞬間、うなじのあたりに電流が走るような感じがした。

「……指輪は、していないんだな」

つないだ結衣の左手を、彼が指先でたしかめるようになぞる。薬指を撫でられて、

「え？」

と、高い声がこぼれた。

指輪なんて、生まれてこの方、一度も着けたことがなかった。祖母の遺品に、かつて祖父からもらったらしい古い指輪があったが、それを着けてみたこともない。

「いや、なんでもない。それより、少し空腹だ。きみが準備してくれた弁当が気になるよ」

「たいしたものじゃないですから、あまり期待しないでくださいね」

川沿いの広い公園は、平日だというのに小さな子ども連れの母親や、犬の散歩に訪れた

老人など、様々な人間が集まっている。それぞれが、自分たちの理由でここへ来て、互いに干渉することなく公園を利用しているのだ。

ふたりは、十五分ほど川沿いの遊歩道を歩き、乾いた草の上で食事をすることにした。

「セロリは入っていないので、安心してください」

おにぎりを渡すと、彼は「いただきます」と言ってから、ほんの三口《みくち》でそれを食べきってしまう。

「うん、うまいな」

「……っ、あの、ちゃんと嚙んでます？　食べるの早くてびっくりしました」

「言っただろ。腹が減っているんだ」

「おにぎり、足りますかね……」

次のおにぎりを渡す結衣に、彼が初めて声をあげて笑った。

晴天、川沿いの澄んだ空気、遠くから聞こえる、子どもの声。

「ははっ、はは、きみのぶんまで食べてしまわないよう、留意するさ」

こんな幸せな気持ちになったのは、いつぶりだろう。目の前が、じんわりと涙でにじみそうになる。

「いくらでも食べていいですよ。おかずもありますから！」

祖母がまだ元気だったころ、休みの日にふたりでよく散歩をした。川沿いを歩いて、昼には『ラベンダー』へ寄り、結衣は大好きなオムライスを、祖母はきのこのパスタを食べるのが楽しみだった。

——誰かと一緒に過ごすって、幸せなことなんだ。

職場では、葉崎夫妻や常連のお客さんたちにとてもよくしてもらっている。けれど、店を一歩出れば、結衣はいつもひとりだった。定時制の高校へ通ってはいるものの、かつての高校生活とは違い、皆目的があって同じ場所に集うのみ。友人といえるような相手はいない。

彼と出会って、彼と時間を共有して。

——きっと、助けてもらっているのも、救われているのも、わたしのほうなんだ。

優しい時間は、静かに流れていく。時の砂は、決して逆流することがない。ただ、手のひらからこぼれていく時間を、結衣はこのまま留めたいと心から願った。

食事を終えてから、また歩き出す。今度は、公園内を散策することにした。

「いつも、町内はとても静かなのにな。ここにいると、あの静寂が嘘みたいだ」

「そうですね。お屋敷の近隣は、ご老人のお住まいが多いですから、小さな子の声は聞こえてきませんし……」

きゃあきゃあと楽しげにはしゃぐ子どもの声に耳を澄ませていると、自然と口元に笑みが浮かぶ。ふと見れば、彼も同じだった。険しい表情の多いその顔に、彼は今、穏やかな笑みをたたえている。

「おにーちゃーん、まってー」

「やーだよーだ」

幼い兄妹が、追いかけっこをしながら結衣たちのほうに走ってきた。

危ないと思ったときには、うしろを振り返りながら走る男の子が、彼にぶつかる。

「っ……!?」

「わあっ」

瞬間、つないでいたふたりの手が離れ、彼は男の子を抱きかかえて尻餅をついた。

「だいじょうぶですかっ?」

慌てて、結衣もその場にしゃがみ込む。

「ああ、俺はなんともない。それより、子どもは……」

びっくりしたのか、声も出ない男の子に、結衣が微笑みかける。すると、その子は火がついたように泣き出した。

「うわあああん、うわあああん、あああああん」

「どこか痛かった？　血は……出てないみたい。だいじょうぶ？」

そこに、男の子の母親らしい女性が「すみません！」と駆け寄ってくる。

「ご迷惑をおかけして……。お怪我はありませんか？」

「心配には及びません」

冷たく聞こえるほど落ち着いた声で彼が言い、すっくと立ち上がった。

関わることで、目の異常に気づかれるのを恐れている。それが、今ならわかった。他人と距離を置こうとするのは、そういう理由なのだろう。

「もう、駄目でしょ。ちゃんと前を見てないと」

「うえええええん、おかーさん、痛いよー」

「痛くない痛くない、どこも怪我してないわよ」

親子の声が遠ざかり、結衣は細く息を吐く。

見れば、男の子を受け止めたときにぶつかったのか、彼の唇の端に血がにじんでいた。

「……口、切れてますよ」

「口？　どこだ？」

「あの、左の端のほうが……」

少しかがんだ彼が、傷の場所を教えろと言いたげに、結衣のほうに顔を近づけてくる。

「別に痛くはない。たいした傷じゃないだろう？」

「でも、血が出てます」

「そのくらい、舐めておけば治る」

形の良い唇に、小さく浮かぶ赤い血の玉。

心臓が、どくんと大きく跳ねた。

「……舐めるんですか?」

「ああ」

かあっと頰が熱くなるけれど、彼は気にした様子もない。そうだ。これは、別におかしなことではないのだ。自分に言い聞かせ、結衣は彼の両頰にそっと手を添える。

「――どうし……」

言いかけた彼の言葉が、傷口に結衣の舌先が触れたことで途切れた。

「こ、これでいい……ですか……?」

「っ、あ、ああ、そうだな。いや、その……すまない」

ふいっと、彼は顔を背ける。耳の先が、わずかに赤くなっているようだったけれど、結衣の顔のほうがずっと真っ赤だ。

――え? どうして……?

舐めれば治ると、彼は言った。

なのに、舐めたら顔を背けられてしまったので、結衣は当惑し――そして、気づいた。

「あっ……、あ、あの、もしかして、舐めれば治るって、自分で舐めるっていう……!」

考えてみれば当然のことだ。

どこの誰が、キスにも等しい行為を恋人でもない相手に要求するものか。

――わたしったら、なんで自分が舐めるものだと、当然みたいに思ってしまったの⁉

「いや、どちらが舐めたってかわりないさ」

「〜〜〜っっ、で、でも、ごめんなさいっ」

結衣は、ポーチからハンカチを取り出すと、彼の手に押しつけた。

「ハンカチで、拭いてください。あの、お願いしますっ」

「……ちょっと、もったいない気もするが」

「拭いてくださいっっ」

普段はおとなしい結衣の、珍しい剣幕に圧倒されたのか、彼は黙って口元をハンカチで拭った。

「洗ってから返す」

そして、ハンカチを自分のポケットにしまう。

「だいじょうぶですよ。そのまま返してもらってかまいません」

「駄目だ。洗って返す」

「そう……ですか？」

結衣は、以前から持ち物に刺繍《ししゅう》をするのを唯一の趣味にしていた。

幼いころに離れ離れになった母は、料理も家事もあまり好きではない人だったけれど、刺繍だけは得意だったのだ。小さな結衣の持ち物に、母が名前を刺繍してくれて、それが母とのつながりのようで――

いつしか、結衣自身も母と同じように刺繍をするようになった。とはいえ、イニシャルをちょっと入れるくらいしかできない。本格的に勉強したことはないのだ。

「そのハンカチ、イニシャルを刺繍してあるんです」

「……そうか。刺繍か」

ハンカチを入れたポケットを、彼がそっと撫でた。まるで、自分が彼の大きな手に撫でられているような気がして、結衣の心はきゅうっとせつなくなる。

――わたし、どうしちゃったんだろう……？

初めての感情に、まだ彼女は気づけない。

その想いに名前を与えるのは、もうしばらくあとのことになった。

♪。+.ﾟ.+。♪。+.ﾟ.+。♪

十月も終わりに近づき、朝から雷雨のひどい土曜日。富良野は、もうすっかり気温も低くなってきていた。冬を間近に控えた雨は、空気をいっそう冷たくする。

その日、結衣は自転車ではなく徒歩で『ラベンダー』へ向かった。

悪天候のせいか、客はほとんど来ない日だった。年季の入ったテーブルを、ここぞとばかりに磨き上げる。それから、善子と一緒に餡を炊いて、白玉を作った。

「結衣ちゃん、最近ずいぶん明るくなったね」

「そ……そうですか？」

「表情がキラキラしているよ。まだ若くて、こんなかわいいお嬢さんなんだから、いつもそうしていなきゃ。悲しい顔をしていたら、幸せが逃げていっちゃうのよ」

善子の言葉に、なぜか頬がぽっと熱くなる。

もし、自分が明るくなったのだとしたら、それはきっと彼のおかげだ。最初のころは、数日に一度来訪していたのが、次第に二日に一度となり、今では毎日通っている。

けれど、相変わらずふたりはお互いの名前さえ知らないままだ。

――そのほうが、いいのかもしれないな。

一抹の不安と寂しさを感じながらも、結衣は今ではそう思うようになってきている。

彼にとって、この町は永住の場所ではないのだろう。一時的に療養のために留まり、やがてはどこかへ帰っていく人。

結衣は彼の年齢も職業も、恋人がいるのかどうかさえ知らない。

そのほうが、彼がいなくなったときに思い出すきっかけを持たずにいられる。もし、彼の名前を知っていたら、似た名前を聞くたびに彼を思うだろう。もし、彼の職業を知っていたら、同じ業種の誰かに出会ったときに彼を思い出すだろう。

情報は、少なくていい。

この先も、ずっと一緒にいられるわけではないのだから、いつかひとりになったときに泣かずにいられるように。

「あら、ずいぶんじょうずにあんこが炊けたわね。結衣ちゃん、白玉と一緒に持って帰ったらいいわ。今日はもうお客さんも来ないし、遅くならないうちに帰りなさいな」

「でも……」

「わたしたちも、少しゆっくり休もうかと思って。孫に相談されたことを、まだ決めかねているものだから、おじいさんと話し合わなくちゃいけないの」

そういう事情なら、結衣が居座る理由はない。はい、と頷いて、分けてもらった餡と白玉を保存容器にそれぞれ詰める。

――甘いものは、好きかな。

結衣は、まだ温かい餡の入った容器をそっと胸に抱きしめた。


土砂降りの雨に、傘はほとんど役立たない。レインブーツとレインコートがあってなお、彼の家に着くころには、結衣はびしょ濡れになっていた。少し伸びた黒髪から、ぽたぽたと雫がこぼれる。

――タオルを貸してもらったほうがいいかも。

玄関先で、ハンカチを使って頭を拭いたもののキリがない。そういえば、公園で彼に貸したハンカチを返してもらっていなかった。

インターフォンを鳴らすと、いつもより時間を置いて『入ってくれ』と返事が聞こえてくる。最近では、彼は結衣が挨拶をするより早く、そう言うのだ。

――だけど、なんだか今日はちょっと様子が違うみたい……？

濡れた体が、ひどく冷えている。

「……お邪魔します」

小さくそう言って、結衣は玄関扉を開けた。

「――だから、さっきから言っているだろう。手術は受けない、と」

低く、きつい口調で彼がそう言うのが聞こえてくる。玄関に客人の靴は見当たらないし、もし来客がいたら結衣を上げはしないだろう。つまり、電話をしているに違いない。

――どうしよう。盗み聞きをするつもりじゃないんだけど、聞こえてきちゃう。

古い洋館は、声が響く。それでなくとも、今日の彼の声はいつもより大きい。

「自然治癒の可能性だって、まだゼロじゃない。何より、俺はもううんざりなんだ。会社も、売却してかまわない。競争も、抜け駆けも、戦略も、何もかもがどうでもよくなった」

彼が、誰かと電話をしているのを聞くのは初めてのことだった。知り合って二カ月が経つというのに、結衣は彼の連絡先も知らない。

――当たり前だ。だって、もし電話番号を教えてもらったところで、アドレス帳になんて登録すればいいかわからないもの。

レインブーツを脱ぐと、靴下が濡れていた。廊下を汚してはよくないので、玄関先で靴下も脱ぐ。足裏を、湿ったハンカチで拭い、結衣はリビングではなく洗面所へ向かった。タオルを借りたいというのもあったけれど、彼の電話を聞いてしまうのがよくないように感じたからだ。

洗面所に入ると引き戸を閉めて、タオルを一枚拝借する。鏡に映った自分は、いつもより血色が悪く見えた。

――手術、受けないんだ。

彼は、電話の相手にそう言っていた。自然治癒の可能性があることは、以前に結衣も聞いていたけれど、このところ彼は連日見えない日が続いている。

そして、本人は口に出さないけれど、以前より視力が弱まっているのではないかと感じることが多かった。

――きっと、見えないかぎり、あの人はここにいる。だけど、ほんとうにそれでいいの？　毎日、ただこのお屋敷で時間をつぶすばかりで、彼はほんとうに幸せなの？

どこにも行かないでほしいと、自分勝手な願いを胸に秘めているからこそ、結衣は感情とは別に彼のことを考える。

以前から察していたことだが、彼は金銭的に余裕のある生活をしていた。結衣がいなくとも、食事はデリバリーを頼んだり、移動はすべてタクシーを呼んだり、着ている服は海外のブランド品で――

会社を売却してもいい、と言っていたことから考えて、もしかしたら自分の会社を持っているのかもしれない。

そこには、彼が築いてきた人間関係があり、彼が携わった業務実績があり、彼を待つ多くの従業員たちがいるのではないだろうか。もしかしたら、彼の帰りを待つ恋人だっていてもおかしくない。

――そうだよね。ずっとここにいられるわけじゃないんだ。

見えないからこそ、彼は結衣をそばにいさせてくれる。

そうでなければ、きっとお互いの住む世界は違う。小さな町で、静かに朽ちていくような日々を生きる結衣と、都会的で端整な顔立ちの魅力的な彼。

もし、彼が自分の顔を見たら、きっとがっかりするだろう。二十一歳にもなって化粧もほとんどせず、おしゃれな服もバッグもアクセサリーのひとつも持っていない――

「すまなかった、電話がなかなか終わらなくて」

ガラッと音を立てて、洗面所の引き戸が開けられる。

「い、いえ。こちらこそすみません。勝手にタオルをお借りしました」

「いや、それはいいんだが……」

彼が、おぼろげな視力を頼りに結衣のほうに手を伸ばしてきた。右手の指先が、髪に触れる。それから、たどるように彼の手が顔へと移動し、頬を指腹が撫でた。

「……泣いているのか？」

「え……？」

言われて初めて、気がつく。

雨だとばかり思っていたけれど、結衣の目からは熱い涙がこぼれていた。

「……違います。今日は豪雨ですから、これは雨ですよ」

「ほんとうに？」

「はい。ほんとうです」

嘘だった。

唇の端から、涙の塩辛い味がする。雨ではないのだと、自分でももう気づいてしまった。

それでも、結衣は嘘をつくほかかない。

なぜ泣いているのか。

その理由は、きっと自分でも説明できないからだ。

「頬が冷たいな。ずいぶん冷えている。部屋で温まったほうがいい」

「……ありがとうございます。でも、もう少し髪を拭いてからにします。床が濡れちゃいますから」

そう言って、彼の手から逃れるように結衣は体を引いた。

「……え、あっ」

正確には、体を引こうとしたところで、彼女の背に彼の腕が回る。ぐいと引き寄せられ、広い胸に顔がぶつかった。

「声がおかしい。何かあったんだろう？」

頭上から聞こえてきた彼の声も、いつもとはどこか違っている。

「雨がすごかったせいです」

「嘘だ」

「……ほんとう、ですよ」

「見えないからこそ、わかることがある。きみは今、嘘をついている」

背骨がしなるほどに強く抱きしめられて、結衣はこのまま泣き出してしまいそうな自分を必死にこらえた。

なぜ、こんなに胸が苦しくなるのだろう。

なぜ、こんなに心がせつなくなるのだろう。

なぜ――この人は、こんなに優しくしてくれるのだろう。

その理由に、もう気づかないふりなんてできない。少なくとも、彼の感情はわからないまでも、自分の気持ちは知っているのだ。

——名前も知らないのに、わたしは……

彼に、恋をしている。

「…………手術、受けないんですか」

震える声で、そう問いかけた。

「目が見えても見えなくても、俺は俺だ」

わかっている。それは当然で、それでも彼には彼の戻るべき場所がある。

「それに、目が悪くなってわかったこともある。目が見えていたからこそ見えなかったものもある。俺は今、じゅうぶん満ち足りているんだ。——ほかに何もいらない」

一瞬の間が、ほのかな期待につながりかけた。けれど、結衣はその想いを振り払う。

「そんな悲しいことを言わないでください」

「……悲しくない。これは事実だ」

「違います。だって何もいらないだなんて、それは世界を拒絶しているのと同じじゃないですか」

満ち足りているからこその拒絶というものも、たしかにこの世にはあり得る。充足しているゆえに、それ以上を求めない。だが、その状態が永遠に続くのだろうか。人は、よくばりな生き物だ。

そして、すべてを失ったからこそその先に得られるものを拒絶する気持ちを、結衣は知っていた。

何もいらない。

新しく手に入れたら、また失う日が来る。それなら、何もない場所にひとりでいるほうがいい。そう思う悲しさを、そうして自分を孤独で満たす寂しさを、彼に味わってほしくなかった。

「優しい人はたくさんいます。見えても見えなくても、助けてくれる人だっています。幸せになる方法も、きっといっぱいあるんです」

「そんなことより、俺は今、きみを泣き止ませる方法のほうがずっと知りたいよ」

ぽろぽろとこぼれる涙に、彼が鼻先をこすりつけてくる。そして、温かくやわらかな舌が、そっと涙を舐めた。

「もう、雨だなんて言わせない。きみは泣いている。それは、俺のせいなのか？」

「……っ、それ、は……」

胸いっぱいに詰まった想いが、喉元まで圧迫する。声にならない、声にできない想い。

好き。

そばにいたい。

——だけど、わたしはあなたの名前さえ知らないんです。だから……

「あ、あなたのせいです。手術すれば治るかもしれないのに、見えないままでいいなんて、そんな悲しいことを言うせいです……っ」

すべてが嘘なわけではないけれど、それでも本心とは違っていた。

彼の選択を否定するつもりなんて、結衣にはない。それどころか、頭のどこかでずっと見えなくてもいいから、そばにいてほしいと願ってしまう浅ましい自分だっている。

だが。

もし彼に輝かしい未来があるのならば、彼がどこかに置いてきたすばらしい過去があるのならば、彼はそこに帰るべきだと思うのもほんとうだ。

「……俺のせい、か」

ぽつりとつぶやく声が、あふれそうになる想いを刺激して。

好きだと言ってしまいたかった。

彼の背に腕を回して、しがみついてみたかった。

すべてが、早くも終わりの始まりになろうとしている。過去形で語られる心に、結衣は唇を歪ませた。

「手術を受けたところで、必ず元通りになる保証はない。それどころか、脳の手術だ。記憶にだって影響が出るかもしれない」

「だから、逃げるんですか?」

「違う! 俺は——」

強引に、唇が重ねられる。

言葉の続きを自ら封じて、彼は結衣の唇を激しく求めた。

「んっ……や、だ、駄目……っ」

このまま流されてしまいたい想いと、彼の逃げ道になってはいけないという想いが、結衣の胸を切り裂く。裂けた心の隙間から、真っ赤な血がしたたる気がした。

「……俺は、怖いんだ」

——え……?

「今までの自分が失われるかもしれない。それを恐れて、おかしいのか?」

返事をする暇も与えずに、彼がまた唇をふさぐ。先ほどとは違い、重ねるだけではないキスだった。

「んん……っ……」

舌先が結衣の口腔に入り込み、歯列を内からなぞっていく。これまで感じたことのないもどかしさに、腰がびくっと跳ねた。

「は……、甘い、な……」

キスの合間に、彼が言う。

甘いのか、苦いのか。あるいは涙の味でしょっぱいのか。初めてのキスに戸惑う結衣に、そんなことはわからない。

「優しい人がたくさんいると、きみは言ったな」

「……はい」

「だったら、証明してくれ。俺は今、言葉じゃない慰めを求めている。きみは、それを与えてくれるのか?」

押しつけられた腰に、彼の言葉の意味が雄弁な昂《たかぶ》りを感じさせる。

大人の男の言う慰めとは。

考えるまでもない。経験のない結衣にだって、想像はついた。

「……できないだろう。そういうことだ。世界は、きみが思うほど美しくも優しくもない。だから——」

「……できます」

望んだものとは違うかもしれない。それでも、結衣は彼の背に腕を回す。

「わたしに与えられるものがあるなら、どうぞ。す、好きにしてください」

キスさえ、先ほど初めて経験したばかりだというのに、結衣ははっきりと彼に許諾の意を伝えた。

決して、同情したわけではない。

かなわない恋の思い出に、一夜を過ごしたいと思ったわけでもない。

もしも、自分に差し出せるものがあるのなら、それを彼にもらってほしいと思った。それで、彼が前へ進めるのなら後悔なんてしない。絶対にしない。

「本気で、言っているんだな」

黙って頷いてから、それでは彼に伝わらないと気づき、「はい」と消えそうな声で返事をする。

とたんに、体が宙に浮いた。

逞しい両腕が、結衣を抱き上げたのだ。

「——今日は、帰さない」

彼は、結衣を抱いたまま螺旋階段をのぼっていく。

寝室のベッドに仰向けに下ろされたのと同時に、彼がのしかかってくる。

「んっ……」

まだ、体から雨の香りがしていた。髪もわずかに濡れているのに、男は何かにとり憑かれたように結衣の体を弄《まさぐ》ってくる。

「細い腰だ。それに、体が震えている。俺が怖いか？」

「……寒いから、です」

ほんとうは、少しだけ怖かった。彼が怖いのではない。初めてのことに対する戸惑いがある。

けれど、躊躇《ちゅうちょ》を見せたら彼はやめてしまうかもしれない。

──やっぱり、違うって思いたかったけど、わたしのための思い出作りでもあるんだ。

自分がとても愚かで小さな存在に思えて、ふふっと結衣は笑った。

「余裕がありそうだな。だったら、遠慮はしない」

「え？　ち、違います。余裕なんて……んっ！」

宣言にしたがい、彼は結衣の首筋に舌を這わせる。それと同時に、大きな手が胸を外側からつかんだ。膨らみをたしかめるような手のひらに、体が芯から痺れる感覚。

「ぁ……、ん、んっ……」

そして、首筋を這う舌先が、官能を甘く疼《うず》かせる。

「かわいい声だ。なあ、わかっているのか？　俺は今夜、きみを帰すつもりはない」

そう言われても、結衣とて特に土曜の夜に予定がありはしないのだ。誰が待つわけでもなければ、結衣が帰宅しないことを心配する者もいない。

「わ……かって、ます。平気……ですから……」

気をつけていないと、自分でも恥ずかしくなるような声が出てしまう。結衣は、喉の奥に力を込めて、懸命に言葉を紡いだ。

「へえ？　いつも、夜になる前に帰ってしまうくせに、今日は平気だとはな。それとも、今夜はきみの恋人はどこかに出かけているとでも？」

恋人。

予想もしない単語に、結衣はびくっと体を揺らした。

「そ、そんな人、いません」

「だったら、なぜいつも同じ時間になるときみは急いでこの家を出ようとしたんだろうな。まあ、嘘だろうとかまわない。きみは親切で慈悲深い女性なんだろう。多少の嘘くらい、俺じゃなくたって見逃すさ」

それは、結衣が定時制の高校に通っているからだ。だが、彼は個人的な話を聞くことを嫌がった。それゆえに、自分の事情を話さずにいたまでのこと。

――なのに、恋人がいると思われていたんだ……

つまり。

この行為は、彼にとってあくまでもただの慰めでしかないということが、結衣にも伝わってきた。

ならば、恋人がいないどころか、今までいたこともないなんて、いちいち説明したところで無駄だろう。彼にとって、それは知りたくもない情報だ。

黙り込んだ結衣を喘がせようというのか、彼は強引にブラウスの裾をスカートから引っ張り出す。熱い手が、腹部に直接触れた。

「っ……ん……」

体をよじろうとしたところを、ぐいとベッドに押し戻される。逃がさない。彼の無言の圧力に、結衣は唇を噛んだ。

「今さら逃げようとしたって無駄だ。俺は、きみを抱く。なあ、どうしてきみは今まで、あんなに献身的に俺に尽くしてくれたんだ？　こうして、俺と一夜を過ごしてくれるのはどうしてなんだ？　同情か、哀れみか、それともかわいそうな男に餌《えさ》をちらつかせて楽しんでいたのか？」

「……違います」

――だけど、そう思ってくれてもかまいません。

後半は、声に出せなかった。きっと、言葉にしたら泣いてしまう。

彼の指先が、苛立っている。

望んだとおりのことをしているのではないのだろうか。あるいは、こうして結衣に触れているのも、ほんとうに彼がしたいことではなかったのかもしれない。

「だったら、なぜそんな悲しそうな声を出すんだ。俺は――俺は、きみといるのが好きだった。きみの小さな声に耳を澄まして、時折触れる肌の感触に柄にもなくときめいたよ」

「……っ、そんな、こと……」

指先が、ブラジャーのふちにかかる。

いつの間にか、ブラウスのボタンはすべてはずされていた。

「見えなくたって、触れればわかる。きみの体は、俺を求めている。そして俺も、きみを求めていた。こうして、きみの胸に触れたいと――きみの体を味わいたいと何度も思った。それを知っていたんだろう」

ブラジャーの裾野から、ぐいと手のひらが胸を押し上げる。すると、やわらかな膨らみがいっそう盛り上がり、その谷間に彼が顔を埋めた。

唇の湿った感触。それに続いて、乳房にピリッと痛みが走る。

「ゃ……痛いっ……」

きつく吸い付かれて、柔肌に赤い花のような痕跡が残った。

「お、お願いです。わたしのことはどう思ってもかまいません。だから……」

「だから?」

「……優しく、してください……」

涙声の懇願《こんがん》に、彼がせつなげなため息を漏らす。めくれあがったスカートからあらわになった内腿に、彼の下腹部が当たっていた。ため息とともに、彼の屹立した昂りがぴくっと震える。

「そんなかわいいことを言われて、嫌だなんて言えそうにない。ずるいな」

「………ごめんなさい」

「謝ることじゃない。たしかに、きみの言うとおりだ。優しくしよう。そのほうが、お互いに楽しめるはずだ」

彼が、唇を求めて顔を近づけてくる。けれど、この距離でもはっきり見えないのか、顎先からたどるような動きで結衣をたしかめていく。

外は雨。

厚い雲に覆われた空は、夕暮れ前だというのにひどく暗い。カーテンを閉めたままの寝室に、ふたりの吐息が淫靡《いんび》にこもっていく。

「華奢《きゃしゃ》な体だとは思っていたけれど、ほんとうに細いな」

喉に軽く歯を立てて、彼がかすれた声で言う。

「それに、かなり辛抱強い」

声を出さないことを指して、彼はブラジャーの上から胸の先端をきゅうとつまんだ。

「ぁ、あっ……」

「だが、ここは我慢できないのか。敏感で、魅力的な体をしている」

「……っ、や、わたし……っ」

「直接、触れてほしい?」

布越しでも、敏感な部分が硬く凝《しこ》っていることが見抜かれていた。彼は、左右の胸の頂点を爪弾《つまび》くようにして刺激してくる。

　そのくせ、直接触れてほしいかと尋ねておきながら、結衣の唇をキスでふさいだ。返事なんて、できない。絡む舌がせつなくて、泣き声がこぼれないよう必死だった。

「っふ……ぁ、あ……」

「もっと聞かせてくれ。きみの声は、俺をおかしくさせるらしい」

　背に回された彼の手が、たやすくブラジャーのホックをはずす。カップがずらされ、乳房があらわになっても、結衣はキスに喘がされていた。

「やぁ……っ……、あ、あっ」

　キスが終わった刹那、彼は貪《むさぼ》るように胸元に唇を這わせる。

　初めて触れられる体は、こわばって思うように動かない。

「ああ、もうこんなになって。きみも、感じてくれているんだな」

　膨らみごと食べてしまうように、男は大きく口を開けて胸の頂に吸い付く。色づいた先端は、粘膜で引き絞られてせつなさに腰が浮いた。

　──嘘、こんな……こんなに気持ちいいだなんて……

　雨の香りと彼の香りが混ざり合って、結衣の肌を濡らしていく。それは、舐めしゃぶられている部分だけではなく、まだ触れられてもいない秘めた場所も同様だ。

　きゅっと左右の内腿をきつく閉じていても、脚の間が蕩《とろ》けていくのを止められない。片手で乳房を揉みながら、もう一方を激しく吸ってくる彼に、結衣は必死ですがりついた。

「お願……、ぁ、あっ」

「駄目だ。もう、きみのお願いは聞かない。やめてあげるなんて、俺には無理だよ」

ぢゅぅ、と音を立てられ、そこから心が吸い出されてしまう。痛いほどに感じた胸の先を、彼は舌で淫らにあやした。

「かわいい。もっと食べてしまいたい。ああ、反対も……」

「ひぅっ……。あ、あっ！」

唾液で濡れた乳首を指で転がし、彼は反対の乳房に舌を絡めた。ねっとりと根元から先端までを何度も往復されて、知らず知らずのうちに腰が揺らいでしまう。

ふいに、彼が胸に吸い付いたままで、ぐっと顔を上げる。

「あっ……やぁ……っ！　引っ張っちゃ、嫌っ……」

はしたなく形を変える乳房が、彼の愛撫に感じている自分を自覚させた。

「ハ……、見えなくてもいいなんて、嘘だ」

彼は胸から顔を上げると、吐息混じりに言う。

「今、きみがどんな顔をしているのか、見たくて仕方がない。俺に舐められて、感じさせられて、どんなかわいい顔をしているんだろうな」

「……ふ、普通です。ぜんぜん、かわいくなんか……」

「へえ？　だとしてもかまわない。俺が見たいのは、きみだけだ。きみが見たい。俺に乱されるきみを見たい――」

ぬるぬると、彼の舌は生き物のように乳首の周りをなぞっていく。

「ぁ、ぁ、んっ……」

「だんだん、声がいやらしくなってきたな。もっと聞かせてもらうよ」

内腿に、熱い手のひらを感じたのはそのときだった。

「ゃ……どうして……っ」

脚を閉じていた。少なくとも、そう思っていた。それなのに。

気がつけば、結衣は膝を左右に割られ、彼の体を挟み込んだ格好になっている。

胸を舌と唇で愛撫しながら、彼は下着越しに秘めた部分をなぞった。指がゆっくりと往復し、柔肉に下着が食い込むのがわかる。

「ふ……ぁ……っ……、ぁ、あっ」

「濡れてきた。わかるか？」

「し、知らな……あっ！」

亀裂に布地を押し込むような動きに、腰が逃げを打った。けれど、ベッドの上で彼の逞しい体に押さえつけられているのだ。逃げられるはずもない。

「こうして布ごとこすると、ほら」

くちゅ、ぬちゅ、といやらしい音が聞こえてくる。

「っっ……、ゃ、ゃめ……」

「やめないと言っただろ」

体を下にずらし、彼は両手で内腿を左右に割ったまま押さえつけた。そして、その中心に――

「だ……駄目、そこは舐めちゃ駄目です……っ！」

声もむなしく、結衣のもっとも敏感な部分に、男の唇が触れる。布越しでも、熱い吐息を感じて体が痺れる気がした。

「怖がらなくていい。ひどいことはしない」

そう言って、見せつけるように彼が舌先を伸ばす。先端が、ツンと亀裂に触れた。

「あぁ……っ⁉」

初めて、だった。

自分でも、体を洗う以外でほとんど触れたことのない場所。そこに、男の舌が躍る。

結衣の声を合図に、彼はぬちゃぬちゃと舌を前後に激しく動かした。

濡れた下着が肌に張り付き、形をはっきりと浮かび上がらせる。顔を近づけていれば、輪郭は見える――と彼は言っていた。ならば、今。結衣のそこが、どんなふうになっているかも見えてしまうのかもしれない。

「下着、汚れるから脱がせるぞ」

「っ……あ、う……」

　手探りに、彼が結衣の下着を引き下ろしていく。とろりとあふれた蜜が、体と下着の間に細く銀色の糸を引いた。

「……熱くなってるな」

シーツに爪を立て、結衣は真っ赤な顔で唇を噛む。羞恥に顔だけではなく、鎖骨付近まで肌が色づいていた。

「も……もう、舐めないで……くださ……」

途切れ途切れに懇願するも、彼は「駄目だ」と言う。

「もっと濡らしたほうが、お互いに気持ちよくなれる。わかるだろ」

わかりようがないのは、結衣に経験がないからだ。

「怖がらなくていい。約束どおり、優しくする」

ぴちゃ、と舌先が儚《はかな》い間《あわい》に触れた。尖らせた舌は、結衣の閉じた柔肉の内側へもぐりこみ、ぬるぬると前後に蠢《うごめ》く。

「ひぅ……っ……、ぁ、あ、あっ……!」

もう、声を我慢するなんてできなかった。

ぷくりと膨らんだ花芽に舌がかすめると、はしたないほどに蜜があふれる。それをすす

って、彼が喉を鳴らした。

「あまり慣れていないみたいだし、一度こっちでイッたほうがいいか」

花芽を舌で転がして、彼が甘く淫らな提案をしてくる。

「……っ、ゃ……もう、もう……」

「もう、ほしい？」

意味もわからず、結衣はがくがくと首を縦に振る。だが、それは彼には見えないのだ。

「言ってくれないとわからない。なあ、俺がほしいのか？」

「ほ……しい、ほしいです、だから……」

そんなところを舐められるのは、耐えられそうにない。好きな人にだからこそ、自分の恥部を舐められるのが恥ずかしくて。

「……じゃあ、遠慮なく」

余裕をなくした声が聞こえた。

彼が膝立ちになり、ベルトをはずす音がカチャカチャと聞こえてくる。

——え……？

わかってはいたのだが、いざ男性のものを受け入れる段になって体が硬直する。彼女の目に映ったそれは、想像を絶する大きさだったのだ。

「……う、嘘、おっきい……」

「ははっ、なんだそれ。褒めてくれてるのか？」

「違……あ、あっ……!?」

彼は、遠慮なくと言ったとおりに、いきなり結衣の体に切っ先をあてがった。お互いの敏感な部分が、触れ合った瞬間にびくっと震える。

「挿《い》れるぞ」

「……っ、は、い……」

返事をした直後、奥歯をきつく噛んだ。痛みを覚悟し、情けない声を出さないために。

――今だけは、見えなくてよかったって思う。だって、見えたらきっと、わたしが初めてだって知られてしまうから。

切っ先が蜜口を押し広げる。体の中に、自分ではない異物が侵入してくる感覚に、結衣の喉がひきつるように震えた。

「く……、狭いな」

「～～～っっ、っ、ん！」

歯を食いしばっても、足りない。

それに気づいて、結衣は両手で自らの口を覆った。

「狭くて、絡みついてくる……」

脈打つ楔《くさび》が、体を穿《うが》つ。じりじりと進んでくるそれが、粘膜を焼くような痛みを与えた。

——痛い、痛い……っ！　わたしの体、壊れちゃう……！

それでも、声は漏らさなかった。

彼にしてあげられることなんて、たいしてないことを結衣は知っている。だから、せめて。これが、少しの慰めになるというのなら——

「……まさか、嘘だろう？」

けれど。

雄槍を半分ほど埋め込んだところで、彼がぴたりと動きを止めた。

どうしたのだろうかと、彼の表情を目で追う。うつむき、ふたりのつながる部分に視線を向ける彼は、もしかしたら今——見えているのか。

「——処女だなんて、どうして言わなかったんだ！」

「ぁ……っ……」

「これは……血の色だ。それに、こんな狭くてこわばった体で、初めてじゃないなんて言ったって信じないぞ。こんな……初めてなのに、こんなふうに奪われるだなんて……どうして俺を受け入れるんだ……!?」

声音から、彼がそれまでにないほど狼狽《ろうばい》しているのがわかった。

男性にとっても、初めての女性を抱くことは覚悟の必要なことなのかもしれない。だとしたら、言わずにいた自分が悪い。

「ご……ごめんなさい。気を遣わせてしまうんじゃないかと思っ……」

「当たり前だろう!? さっきから声を我慢していたのも、痛かったからなんだな」

すまない、と彼が言う。

そして、途中まで入っていた楔が抜き取られそうになった。

「――や、やめないで……っ」

結衣は、上半身を強引に起こした。そして、まだつながったままの腰の痛みに耐え、彼の体にしがみつく。

「きみ、どうして……」

「やめないでください。お願い……」

「無理はしなくていい。俺が悪かった。きみの献身を、穿った目で見ていた――いや、そもそも俺には見えていなかったんだな」

無理をさせまいと、彼が結衣の体を支えながらベッドに戻す。そして、体重をかけないよう顔の両脇に腕をついた。

「恋人がいないと言ったのも、ほんとうか……」

「……はい。ごめんなさい」

「だから、謝るな。きみは何も悪くないよ。俺が――勝手に嫉妬したんだ」

――嫉妬? どうしてあなたが、いもしない恋人に嫉妬なんて……

「毎日、決まった時間に急いで家を出るきみが、きっと恋人のところへ帰るんだと思うと、夜の孤独が深まった。このベッドでひとり、何度も考えたよ。今ごろ、恋人に抱かれているんだろうか。その男は、なんて幸せなんだろう、羨ましい、きみを——奪いたい、と」

まるで、恋でもしているような物言いに、結衣は何も言えなくなる。

きっと、これは自分の勘違いだ。彼は、寂しさから結衣という唯一の話し相手に執着してしまったことを語っているに過ぎない。

そう、言い聞かせようとした。

「悪い、もう一度確認したい」

「は、はい」

「きみには、恋人はいない。そして、恋人以外にもその手の男は誰もいないと思っていいのか？」

その手の男というのは、いったい何を指すのだろう。結衣は、素直に彼に問うた。

「恋人以外の、その手の男の人というのは、どういう人のことでしょうか……？」

「たとえば婚約者や、夫。もしくは、つきあいたいと思っている相手でもいい」

「…………」

返事は、すぐにできない。

恋人も婚約者も夫もいないけれど、もしも叶うのならつきあいたい相手は——いるのだ。

「どうなんだ？　答えてくれ。頼む」

「あ、あの……でも、わたしの個人的なことは、あまり聞きたくない……ですよね？」

もしも答えたところで、彼の気分を害してしまったら。そう考えると、即答はできない。

「教えてくれないと、俺はこのままきみを犯してしまう。きみを抱いて、自分のものにする方法を考えるしかできない」

低く、昏《くら》い——けれど、ひどく思いつめたせつない声。

「あなたのものに……？」

「ああ、そうだ。きみの意思なんて無視して、一晩中抱き潰す。そして、きみの体が俺に馴染むまで何日だって逃がさない。そうなってもいいのか？」

まだ、受け入れる隘路《あいろ》はヒリヒリと痛い。慣れない粘膜が異物を押し返そうとしている。

しかし、それと同時に、結衣は泣きたいくらいに幸せだった。

「……っ、」

「つ？」

「つきあいたい……人が、います……。でも、きっとその人は、わたしのことなんてそういう対象として見ていないって思っていて……だから、少しでも役に立てるなら。わたしの初めてなんてどうでもよくて、ただ……そばにいたくて………っ」

言葉を紡ぐたび、涙が頬を伝う。鼻声の結衣に、彼がそっと涙を拭ってくれた。

「その相手は、きっと見えていなかった。見ていないんじゃなく、見たくても見れないんだよ。だけど心の底では、きみがどんなに優しくて、どんなにすばらしい女性か、見えなくても知っている」

「……っ、いいんですか……?」

好きでいても、いいんですか?

もちろん、と彼が頷いた。

「きみのことを大切にしたい。世界中でいちばん、誰よりも、自分よりも大切にしたい。だから——」

耳元に、唇が寄せられる。

吐息が触れて、耳から首にかけてぞくりと肌が粟立つ。

「だから、きみのすべてを俺に与えてくれ」

返事をするよりも先に、彼がぐっと腰を押しつけてきた。

「——っ、ぁ、あああ、あっ——……」

「ふ……っ……、そんなに締められると、挿れてるだけで持っていかれそうだ」

最奥にぬちゅ、と切っ先がめり込む。

結衣の体を、彼がすべて埋め尽くしているのがわかった。

「……痛いか?」

「痛いけど、あの、痛くないわけではないんですけど……嬉しいから……」

最後は小さく付け足して、彼の首に両腕を回す。少しでも、そばにいたい。こんなに近くにいるのに、まだ足りないと思うほど、彼に触れていたかった。

「あのな、そんなかわいいことを言うと、きみが泣くまで——いや、きみが泣いてもやめてやれなくなる。ほんとうに、わかってるのか？」

「いいんです」

「いいって、きみ」

「いいんです。だって、きっと救われていたのはわたしのほうですから……」

ふたりの唇が、静かに重なる。

彼は、言葉では恥ずかしくなるような行為を示唆するけれど、結局その後、結衣を心配して行為の続きをすることはなかった。

抜き取られた空白が、ひどくせつない。

だが、心は完全に満たされていた。

裸のまま抱き合って、結衣は彼の胸に顔を埋めている。

「……名前を聞きたいと、ほんとうは何度も思った」

髪を撫でてくれる彼の手が、あまりに優しくて怖くなった。もし、これが夢だったならどうしよう。目が覚めたら、きっと泣いてしまう。

「わたしだって、お名前を聞きたかったです。でも、嫌なのかなって……」

「ああ、嫌だった。きみが初めて声をかけてきたときから、嫌な予感がしていたからな」

――そんなに嫌がられていたの？

さすがに、ショックで言葉が出ない。

そんな結衣に気づいてか、彼がふっと笑いかけてくれる。

「かわいらしくて、控えめで、それなのにどこか芯の強い女の子の声に、夢中になってしまう予感がしたからだ」

「え、えっ……そんな、あの、わたし……」

「きみがどう思おうと、かわいい声だ」

戸惑う結衣を、彼はぎゅっと抱きしめた。

「――責任を取りたい。きみをもらい受けるための準備をしたい、と今は思える」

「あの……」

今夜のことに、それほど心を砕いてくれなくてもかまわない。結衣にとっては、幸せな時間だった。この先、二度と会えないとしても、彼の思い出を胸に生きていけるほどに。

「手術を、受けるつもりだ」

「えっ、ほんとうに!?」

がばっと顔を上げると、今もまだ焦点ははっきり合わない瞳がこちらに向けられる。

そこに、結衣が映っているのに。

彼の脳までは、視覚情報が正確に伝達されない。

「きみを守りたいから、この目を治してくる。だから、そのときには俺をきみにとって特別な存在にしてもらえるだろうか」

「……もう、とっくに特別です。そうでなきゃ、わたしだってあんなこと……」

かあっと頬を赤らめて、結衣はうつむいた。

「ありがとう。初めてだって気づいたときに、なんとなくそれは感じていたんだけどな。言葉で聞くと、いっそう嬉しいよ」

「～～～っっ、い、いじわるです！」

「そう。大人の男は、多少のずるさも持ち合わせている。覚えておきなさい、お嬢さん」

その夜。

ふたりは、明け方までベッドで抱き合って話をした。これまでの時間とは違う、新しい時間の過ごし方。途中で空腹を覚えると、結衣が『ラベンダー』で作ってきた白玉を一緒に食べて、また寝室へ戻って。

その間、屋敷のどこにいてもずっと雨の音が聞こえていた。

「手術が終わったら、迎えに来る。それまで待っていてくれるか？」

「はい。ずっと待っています」

「ありがとう」

けれど、結局明け方に眠りにつくそのときも、彼は結衣に名前を問わなかった。彼自身の名前も明かさなかった。

——ねえ、ほんとうに？　ほんとうに、わたしを迎えに来てくれるんですか？　ほんとうに、あなたのことをどうしようもないほど特別好きになってもいいんですか……？


翌朝、結衣が目を覚ますと、そこには彼の姿はなかった。

残されていたのは、一枚の名刺と洋館の鍵。

耳の奥に、甘く残る声が囁《ささや》く。

『必ずきみを迎えに来る。それまで誰のものにもならず、俺を待っていてくれ——』

結衣は、男の残した名刺を胸に押し当てて、心の中で返事をする。

——はい。ずっと待っています。ずっとずっと、あなただけを待っていますから、早く目が治りますように。


それは、特別な恋のはじまり。

富良野で出会ったふたりの、寂しくて優しくて、終わりのない恋のはじまりのお話——

第二章　再会の奇跡　～東京～

翌春、まだ雪の残る三月に、結衣は定時制の高校を卒業した。四月になると、すぐに二十二歳の誕生日を迎えたけれど、彼からの連絡はなかった。

信じる気持ちと同時に、彼が迎えに来られない理由もあって当然だという考えが、胸に次第に積もっていく。

彼の残した名刺には、当然ながら名前が書かれていた。そして、会社名と役職も。

『TJコンチネンタルホテルグループ　CEO　兼　代表取締役社長』

『東条　隼世　TOJO, Hayase』

最初にそれを見たとき、彼が東条隼世《とうじょうはやせ》という名だと頭で理解しても、名前と人物がつながらなかった。

彼は、何者でもない『彼』だったのに。

けれど、ほんとうは名前があり、身分があり、肩書がある。しかもTJコンチネンタルホテルは、結衣でもテレビで見たことがあるほど、有名な高級ホテルグループだ。

近年、日本各地にリゾートホテルを展開し、旅番組などでも取り上げられている。その会社のCEOというのは、あまりに自分と住む世界が違いすぎた。

札幌にも、TJコンチネンタルホテル札幌という高級リゾートホテルがある。もちろん、隼世の会社のホテルだろう。最低でも一人一泊五万円は下らない。エグゼクティブフロアの客室に至っては、一泊するだけで何十万円もする。そんなホテルだ。

彼との身分差を知り、「あれは一夜の夢だったことにしよう」と思う反面、彼は——「東条さんは、嘘をつくような人じゃない」と信じる気持ちもある。

どちらにせよ、結衣にはここで彼を待つ以外の選択肢はなかった。高校を卒業したところで、育った町を離れるつもりもないのだから。

しかし、四月もなかばを過ぎたある日。

職場である『ラベンダー』で、閉店後に店主の敏夫から「話がある」と切り出された。

それは遠くないうちに訪れることを、結衣も知っていたことだ。八十歳を超えた敏夫には、十六時閉店でも店を切り盛りするのは難しい。七十二歳になった善子とて同様だろう。

「結衣ちゃん、ほんとうに申し訳ないんだが、この店をたたむことにしたよ」

わかっていても、その言葉に結衣は寂しさを覚えた。

ここは、結衣にとって思い出深いレストラン。小さなころから知っていて、常連さんたちは温かく、敏夫も善子も家族のように接してくれた。第二の家といっても過言ではない。だからこそ、結衣は静かに返事をする。大好きな人たちを困らせるようなことは言いたくなかった。

「そうですか。今まで、ほんとうにありがとうございました。最後の営業日は、いつごろになりそうですか？」

「ゴールデンウィークの前に、店を閉める。お給料のこともあるからね、結衣ちゃんには急だったし、六月分まで支払いをするつもりでいるよ」

思ってもみない申し出に、結衣は「いただけません」と首を横に振る。

「今まで、働かせてもらっただけでじゅうぶんです。それに、高校の学費も出してもらいました。これ以上なんて、いただけません」

「いや、違うんだよ、結衣ちゃん」

「そう、違うのよ、結衣ちゃん」

敏夫と善子が、異口同音に否定した。

——え……？

ふたりは、店を閉めるだけではなく結衣に頼みがあると言い出したのだ。

「去年、孫の勝義《かつよし》が嫁さんを連れて富良野へ来たのを覚えているかい」

「はい。いらしてましたね」

そのときに、二日間の休みをもらったから覚えている。隼世と公園へ出かけた日だった。

「実は、東京でカフェーとかいう喫茶店まがいの店をやるからといって、資金の相談に来ていたんだ。私たちも、もういい歳だからな。いつまでも店をやっていられない。孫の夢に協力してやろうということになったんだが――」

葉崎勝義と妻の花江《はなえ》は、七月から表参道に店を開くことになったのだという。しかし、これまで健康食品の営業職だった勝義が、修業もせずに開店することを祖父母はとても心配していた。

彼らの心配はわかる。長年、飲食店をやってきたからこその苦労を知っているのだろうし、孫を思う気持ちも当然だ。

――そっか、じゃあもしかしたら、ご夫妻で東京へ行ってお店を手伝うのかな。

そんなことを考えていたところに、まったく予想外の言葉が聞こえてきた。

「無理を承知で頼む。結衣ちゃん、東京へ行ってもらうことはできんだろうか」

「……え、わたしですか？」

結衣には、この町を離れられない理由がある――なんて、彼らには当然わからない。それどころか、葉崎夫妻は結衣を心配して提案してくれているのだ。

「結衣ちゃんは、仕事熱心だ。それに、お客さんへの心配りもできる。広い世界を見て、これからの自分の生き方を考えるというのはどうだろう」

「それは——」

ほんとうは、知っていた。

敏夫はおそらく、自分の最期を結衣に見せたくないと考えている。祖母を亡くした結衣にとって、次なる心の支えは当然『ラベンダー』の敏夫と善子で。

けれど。

彼らとて、ずっと結衣のそばにいることはできない。

この町の優しい老人たちは、結衣を置いていくのだ。それは人間が生きる上で、ごく当たり前のこと。

敏夫たちは、おそらく結衣がたったひとりで残されるのを懸念し、新しい世界で人脈を広げることを願ってくれている。その気持ちは、ありがたいと思う。

「わたし、ここにいたいです……」

隼世のことがなくとも、結衣にとってこの町はたったひとつの居場所だった。ほかのどこにもない、帰る家がある。優しい人たちがいる。

「ほんとうは、ずっとここにいたい。『ラベンダー』にいたい。だけど……それじゃみんなに心配をかけてしまいますね」

涙目になりながら、結衣は言う。

こういうとき、すぐに泣いてしまう自分が恥ずかしい。みんなが背中を押そうとしてくれているのに、当の自分がこんなに弱くてはいけない。

「結衣ちゃん……」

善子の目にも、涙がにじんでいた。

小さく頷いて、結衣は息を吸う。

「わかりました。新しいお仕事を紹介してくれて、ありがとうございます。わたし……東京へ行ってみようと思います」

東京には、年に数回手紙とプレゼントを送ってくれる、義兄がいる。もう九年も会っていないが、誠一は元気にしているだろうか。

微笑んだ結衣に、善子がぎゅっと抱きついてきた。昔は見上げた相手だというのに、今は結衣より小さく華奢になった彼女の背を、結衣も抱きしめかえす。

「ありがとう、敏夫おじいちゃん、善子おばあちゃん。それから、心配かけてごめんなさい」

「なあに、何も心配なんぞしていない。結衣ちゃんなら、どこへ行ったってみんなに愛される。この町の自慢のマドンナだからな」

ふふっと笑った結衣の頬を、ひと粒だけ涙がこぼれた。

♪。+.゜.+。♪。+.゜.+。♪


その夜、結衣は隼世の残していった名刺を食卓に置いて、一時間以上何もせずにそれを見つめていた。

電話をかけるべきか、否か。

名刺には、職場の代表番号のほかに彼の個人携帯の番号が書かれている。きっと、ここに電話すれば隼世と話せるのはわかっていて。

――だけど、東条さんは待っていてほしいと言った。電話をくれとは、ひと言も言われていない。

東京へ引っ越すと即断したものの、結衣は五月下旬までは富良野にいるつもりだ。それまでの間に、隼世が迎えにきてくれる可能性だってある。

もしそうだとしたら、待ちきれずに電話をするのは彼を信じていないように思われはしないだろうか。

手術をすると言っていたからには、彼がまだ迎えにきていないのは入院中ということもあるのでは――

考えれば考えるほど、どうすべきなのか心は迷う。隼世は連絡先を残していってくれたが、彼は結衣の連絡先どころか名前も知らない。

――もし、彼の手術中に、それとも手術後に、何かあったとしてもわたしには連絡は来ないんだ。

そう考えた瞬間、背筋がぞくりと冷たくなった。何かなんて考えるべきではないのに、どうしてそんなことを思ってしまったのだろう。

同時に、その可能性があるからこそ、隼世は結衣の連絡先を聞かなかったのかもしれないと思い、ひどく悲しくなる。

彼は、優しい人だ。

もしもの場合に、結衣に連絡がいくことを避けるため、何も聞かなかったということなのだろうか。そうだとしたら、とても優しくて、泣きたいくらいに残酷だ。

「……連絡は、すべきじゃないよね」

自分に言い聞かせる言葉で、結衣は名刺を財布にしまった。

けれど、それから結衣が富良野を離れるまでの間、どれだけ待っても彼は来なかった。

毎日、洋館に通う。

玄関の鍵を預かっていたけれど、それを使うことはない。外から眺めて、今日も誰もいないと知り、その場を離れる。

毎日毎日、ただ毎日、結衣は隼世を待ち続けた。

そして五月の終わり。

気づけば彼が去ってから、半年以上が過ぎていた。

疑いたくはない。しかし、彼はきっと事情があって結衣を迎えに来ることはできなかったのだ。そう思うことにした。

少なくとも、彼の身に何かがあったとは考えない。東条隼世は、きっと東京で幸せに暮らしている。元気になって、結衣のことは忘れてしまったかもしれないけれど、彼の人生を取り戻して生きている――

富良野を発つ前夜、結衣は一通の手紙を洋館の郵便受けに残した。

そこには、事情があって東京へ引っ越すことになったこと、自分の名前と携帯電話の番号、そして、もしも隼世がこの手紙を手にすることがあったならば、待っていられなかったことを謝罪する言葉を書いて、結衣は育った町を離れた。

ずいぶん気の早いラベンダーが、もう花をほころばせている。

――ばいばい、大好きだった町。ずっとわたしを育ててくれた人たち。お墓参りには来るからね、おばあちゃん……

古い自転車は、祖母宅の物置にしまった。

もう、乗ることはないかもしれない。だけど、捨てることはできなかった。

自転車は、前へしか進めない。

結衣も振り返ることはせず、旭川《あさひかわ》から羽田行きの飛行機に乗った。

♪。+.ﾟ.+。♪。+.ﾟ.+。♪

東京でアパートを借りるにあたり、義兄の誠一が保証人を買って出てくれた。引っ越しにかかる費用は、『ラベンダー』の葉崎夫妻が五月分、六月分の給与としてくれたものをあてた。

それまでずっと、祖母の残してくれた家で暮らしてきた結衣には、引っ越しさえも初めての経験である。

家具を買いに行くときに車を出してくれた誠一は、部屋を広く使えるようにと引っ越し祝いにソファベッドを買ってくれた。たしかに、部屋は広く使える。しかし、そもそも結衣にはたいした荷物がなかった。

六畳のワンルームですら広く感じて物悲しい。

だから、勝義と花江が「開店準備から協力してもらいたい」と言い出してくれたのは渡りに船だったと言える。部屋にひとりでいるよりも、体を動かしているほうがずっといい。

それに、まだ東京の地理はよくわからない。

幼いころは世田谷区に住んでいた――らしい。残念ながら、もうそのころのことを結衣はほとんど覚えていなかった。記憶にあるのは、アパートの場所や立地ではなく、夜に父が帰宅すると始まる両親の夫婦喧嘩の声。

アパートを探すにあたり、なんとなく世田谷は避けた。土地勘がないため、不動産屋に職場の最寄り駅と家賃の予算を伝えたところ、提案されたのは北千住《きたせんじゅ》にある古いアパートだった。

駅前には大きなデパートがあって、なんだか自分が場違いに感じなくもなかったものの、アパートまでは駅から徒歩十五分。荒川沿いの二階建てアパートの二階角部屋は、予定していた予算より少し高かったけれど、近くに小さな商店街があるのが気に入っている。

カフェのある表参道までは、東京メトロ千代田線《ちよだせん》で乗り換えなしで三十分、通勤にかかる時間はそれほど気にならなかった。

からっぽだった毎日に、仕事が満ちていく。

やるべきことがあるというのは、とてもありがたいことだと結衣は心から思った。

葉崎夫妻の孫である勝義も、その妻の花江も、とても勉強熱心でカフェを成功させるために努力を重ねている。ふたりのそばで、オープン準備をしていると、結衣は自分という存在を忘れていられた。

仕事に没頭し、疲れ果てて帰宅したら、あとは食事を済ませてシャワーを浴びて、義兄の買ってくれたソファベッドでぐっすり眠る。

カフェ『.K』《ドットケイ》がオープンすると、いっそう忙しくなった。結衣は朝から駅前でクーポンのついたチラシを配り、本来は夕方上がりのシフトでも店が混んでいる日や、アルバイトが急遽来られなくなった日は、ラストまで働いた。

通帳の残高はささやかに増えていき、体は常に疲れているけれど、夢も見ずに眠る日々。けれど、ほんの少し時間の隙間があると、どうしても隼世のことを考えてしまう。

七月が終わり、八月が過ぎ、彼と出会った日から一年が経つころ。

カフェに忘れ物をしたスーツの男性を追いかけて、結衣は店の外に出た。富良野と違い、東京の九月はまだ夏真っ盛りに感じる。

——さっきのお客さんは……？

周囲を見回し、それらしい人物を見つけた。同時に結衣は走り出していた。

「お客さま、封筒をお忘れですよ」

「えっ、俺？」

振り向いた男性が、結衣に気づいて照れたように頭をかく。

「ありがとう。きみ、いつもこのくらいの時間にお店にいるよね。あの……良かったら、休みの日に会えないかな。今日のお礼に、ごはんを奢るよ」

もしかしたら、彼は意図的に封筒を店に置いて出たのかもしれない。

こうして、声をかけるために。

「……申し訳ありません。お気持ちはありがたいのですが、お礼をしていただくようなことではないので」

深々と頭を下げた結衣に、彼は「あ、そ、そうだよね。ごめん……」と謝る。

ほんとうにごめん、また店で。

たぶん、そんな感じのことを告げて、常連の男性は去っていった。けれど、以降彼の姿は見ていない。

自分のせいで、せっかくのカフェを気に入ってくれた常連がひとり減ってしまった。

やっと噛み合いはじめていた歯車が、結衣の胸の中でギシ、と小さく軋《きし》みをあげる。

その日の夜は、隼世のことを思い出して嗚咽《おえつ》を漏らした。

自分にできることをするしかない。そう言い聞かせて、毎朝混雑した地下鉄に乗り、一日中立ちっぱなしで仕事をする。集中しているつもりだったが、一度狂いはじめた歯車は、もとの位置になかなか戻らない。

「ちょっと、あなたね、アレルギーだからソイミルクにしてって言ったでしょう⁉」

結衣が注文を受けたわけではない客から、苦情の言葉を投げつけられた。だが、オーダーを取った子は知らん顔。自分が聞き漏らしたのかもしれないと、誠心誠意頭を下げた。

「何よ、謝ればいいと思っているの？　この間も、同じことがあったわよ。ほかの店だったら、お詫びにクーポンぐらいくれるっていうのに、ずいぶんな殿様商売ね！」

「ほんとうに、申し訳ありません。今後、こういったことのないよう気をつけます」

「気をつけるのは当たり前なの！　アレルギーで私が死んだらどうするつもりよっ」

ヒステリックな声に脳をぐらぐらと揺さぶられ、そんなときにも結衣はふと隼世を思い出した。

――いけない。つらいことがあると、つい東条さんを逃げ道にしてる。

迎えに来る、と言った彼を。

そして、迎えに来なかった彼を。

それでもまだ、結衣は心の拠り所にしていたのだ。

「大変だったね、千原さん。あのお客さん、このあたりじゃ有名なクレーマーなんだよ」

アルバイトの女の子にそう言われ、力なく微笑んで相槌《あいづち》を打つ。

「……ねえ、顔色、悪くない？」

「そうかな。たぶん、ずっと頭を下げていたからかも」

ほんとうは、体調がよくないことに自分でも気づいていて、それでも結衣は勤務表どおりの仕事をこなした。

ギシギシと、何度も心の歯車が嫌な音を立てる。それを聞かないふりをして、泣きたい夜はベッドにもぐりこんで目を閉じて。

九月も、半分が過ぎたとある日の昼休み。とはいえ、カフェはランチタイムが稼ぎ時なので、結衣の昼休憩はたいてい十四時を過ぎてからだ。

平日の表参道を歩いて、銀行へ向かう途中、唐突に目の前が真っ暗になった。

――何、これ……？

世界が、自分から遠ざかっていくような恐怖に、心臓の音がやけに大きく聞こえてくる。

「きゃあっ！」

体がぐらりと揺れたのを最後に、結衣は指先すら動かせなくなった。女性の悲鳴が聞こえた気がする。誰かが叫んで、頭の芯がぼうっとして、自分の外側で何が起きているのか理解できなくなって。誰かが、誰かが体を揺さぶって、誰かが――

そんな気がしたけれど、それも定かではない。

――東条さんの「見えない日」も、こんな感じだったのかな。ああ、でも光は感じるって言っていたから、真っ暗じゃなかったのかもしれない。光が……あったほうが、寂しくないから……

そして、結衣の意識は完全に途絶えた。


♪。+.ｏ.+。♪。+.ｏ.+。♪


「――それで、彼女はどこにいるんだ！」

バタバタと誰かが走る足音。

「社長、お待ちください」

「待っていられるか！」

ここはどこだろう。

結衣は、重いまぶたを持ち上げる。すると、カーテンレールで仕切られた天井が見えた。鼻先を、ツンと薬品のような香りがかすめる。

——病院……？

銀行へ行こうとしていたところまでは、かろうじて覚えていた。しかし、なぜ自分が病院にいるのか。

見れば、左腕に点滴の針が刺さっていた。

——さっき、東条さんに似た声を聞いた。夢かな。だったら、もう一度目を閉じたら、東条さんの夢を見られるかもしれない。

まだ体調は万全ではないらしく、目を閉じると少し呼吸が楽になった。

だが、次の瞬間。

「由花子《ゆかこ》！」

低い声と同時に、ベッドを取り囲むカーテンが引かれる。驚いて目を開けた結衣は、眩《まぶ》しさに目を細めた。

「……え……？」

どこかはっきりしない視界に、彼の姿がある。スーツを着て、髪をしっかりと整え、ひたいに汗を浮かべる彼。

──嘘、どうして……？

紛れもなく、その男は富良野で約束をした東条隼世だ。

「と……」

東条さん、と呼びかけようとしたとき、隼世の背後から眼鏡をかけた男性が彼の腕をつかむ。

「社長、そちらではありません。茝原《ちさはら》さんのベッドはあちらです」

「っ……、すまない。人違いだ」

カーテンを閉めることもせず、間に誰もいないベッドを挟んだ先のベッドへ、彼は大股で歩いていく。

──東条さん、東条さん……！

懸命に体を起こそうとすると、看護師がやってきて「あなた、まだ起き上がっては駄目よ」と体をベッドに戻される。

「あ、あの、わたし……」

「熱中症で倒れたの。救急車で運ばれてきて、ここは病院です。頭を打って、危険だったのよ」

頭部に触れると、包帯が巻かれていた。後頭部にひどく鈍い痛みがある。

「あっ、さわらないで。CT撮影もしたけれど、傷は表面だけで骨や脳に異常はないから、もうしばらくここで休んでください。ほら、点滴もまだ終わっていないでしょう」

カーテンを閉められそうになって、結衣は「閉めないで、ください」と小さな声で懇願した。

彼は、幻だったのだろうか。

ひとつ向こうのベッドは、カーテンが閉まっている。中の様子はわからない。もしかしたら、別の入院患者のお見舞いに来た人を、隼世と見間違えただけに過ぎないのかもしれない。

——だけど、顔も声もあの人だった。絶対に、あの人だと思ったのに……。

自由な右腕で、目元を覆う。

唐突に訪れる隼世との思い出が、頭の中をいっぱいに満たしてしまった。こうなると、涙をこらえる術《すべ》はない。

手の傷を消毒したこと。

一緒に散歩に出かけたこと。

結衣の作ったお弁当を食べたこと。

唇の端に怪我をした彼に、舐めれば治ると言われて——

必死に嗚咽をこらえても、涙ばかりはどうにもならなかった。声もなく泣いている結衣に、「結衣ちゃん」と声がかけられる。

「……せ、誠一お兄さん……」

しゃくりあげる呼吸を懸命に整え、結衣は白衣姿の見知った顔にわずかな安堵を覚えた。

「無事で良かった。ERの看護師から、きみが救急車で運ばれてきたと聞いて――」

どうやら、ここは誠一の勤務する病院だったらしい。結衣の緊急連絡先は、実の母ではなく誠一になっている。彼がそうしてほしいと言ってくれたので、甘えさせてもらった。けれど、そのせいで仕事中の誠一に迷惑をかけてしまったのだろう。

「ごめんなさい。わたし、どうして……」

「熱中症らしいね。頭を打ったんだって？　あとが残らないといいけれど」

脳神経外科医の誠一は、いつも爪を短く切っている。男性にしては、指がとても細い。その手が、結衣の頭にそっと触れた。

「東京の夏は初めてだったのに、無理したんじゃない？」

誠一の声は、いつも優しい。穏やかで、少し高めの甘い声。

「ううん、少し夏バテしていたんだと思う。あの……転んだときに、ほかの人に迷惑をかけなかったか心配なんだけど……」

ひどく朦朧とはしていたが、結衣はあのとき、誰かにぶつかったような記憶があった。

も姿を現した。

「きみがぶつかったのは、俺の婚約者だ」

義兄の言葉を遮って、低い声が鼓膜を震わせる。幻だと思っていたはずの隼世が、また
「……ぁ、あ、なた……は……」

息ができない。喉がヒュウ、とおかしな音を鳴らす。

「隼世さん、いいんです。どうか、その方を責めないでください。わたしの不注意だったんです」

その背後から、華奢な女性がそっと隼世の腕に手を添えた。

なぜだろう。少しだけ、結衣と面立ちが似ている。そして、小さく細い声も似て聞こえた。骨格によって声が似るという話を聞いたことがあるけれど――と、この局面で関係ないことを考えて、結衣は自分がひどく狼狽していることに気がついた。

「すみません。妹はまだ、具合が悪いんです。お詫びはのちほど、落ち着いてからさせてください」

誠一が頭を下げると、隼世はなぜか驚いた様子で目を丸くする。結衣を見ても、何も気づかなかったのに、なぜ誠一に驚くのか。

「先生……、城月先生」

「ああ、それは――」

「はい。ご無沙汰しています、東条さん」

「由花子、こちらは脳神経外科の城月先生だ。俺の手術の際に、第一助手でオペ室にも入ってくださった方だ」

隼世が、隣の黒髪の女性に優しい声で説明する。その声に、覚えがあった。

初めて会ったときの声ではなく、次第にふたりの距離が近づいて、最後の夜に聞いた隼世の声だ。

『手術が終わったら、迎えに来る』

そう言ってくれたときと同じ声で、彼はほかの女性に話している。

「そうだったんですね。先生、その節はたいへんお世話になりました。東条の婚約者の菅原由花子と申します」

「ああ、いえ。私は教授のサポートをしたまでです。執刀医は長谷部《はせべ》教授でしたので」

驚きに止まりかけていた涙が、頬を伝っていく。

たとえ、彼の隣にいるのが自分ではなくともかまわなかった。隼世が、元気でいてくれる。この様子ならば、目が不自由ということもなさそうだ。

――誠一お兄さんが手術に関わっていたなんて知らなかった。お兄さん、ありがとう。わたしの大切な人を助けてくれて、ほんとうにありがとう。

もとより、手術によって記憶の一部に影響が出る可能性があると示唆されていることは、隼世から聞いていた。だから、彼が自分を忘れても仕方がない。思い出は、結衣の心の中にあるからそれでよかった。

「あの……どうかされましたか？　傷が痛みますか？」

隼世の婚約者の由花子が、結衣を心配そうに覗き込む。黒目がちの大きな瞳と、艶《つや》やかな長い黒髪、上品で楚々とした女性だ。

「……いえ、ご迷惑をおかけしてしまい、申し訳ありません。ほんとうに……申し訳ありませんでした……」

いつもより低い声を心がけ、結衣はベッドの上で目を伏せる。もし、隼世が自分の声を覚えていたら、彼を困らせると思ったからだ。

「謝罪で済む話ではないだろう。あなたのせいで、俺の婚約者が危険な目に遭った。それを――」

結衣の謝罪に不満だったらしい隼世が、誠一を押しのけて一歩前に出る。しかし、彼の言葉は中途半端なところで途切れた。

「………あなたは、いや、きみは……」

何かを思い出そうとするように、彼が左手をひたいに当てる。

「隼世さん、転んだときに打った脚が痛くて、長く立っているのがつらいんです。よかったら、ベッドまで連れて行ってもらえませんか？」

そこに、由花子がか細い声で話しかけた。彼女は、一瞬だけ結衣に目線を向ける。その目が、何かを言いたげに見えたのは気のせいだろうか。

「ああ、すまない。俺はもっとあなたを大切にしたいのに、何をしているんだろうな」

「ふふ、いつだって大切にしてもらっています」

「いや、富良野で俺を支えてくれたことに比べれば、まだ何も返せていない。俺は、あなたにどれだけの恩を返しても足りないくらいだ」

頭から冷水をかけられたように、結衣の体が震える。

――富良野で、東条さんを支えていた……？

青ざめていた頬が、いっそう血の気を失った。紙のように白い顔の結衣を一瞥《いちべつ》すると、由花子が隼世に支えられてベッドへ戻っていく。

「結衣ちゃん、顔色がさっきより青いよ。担当医を呼んだほうがいい」

「……だいじょうぶ。少し、休みたいの」

「僕は七階の脳神経外科にいるから、何かあったらすぐに看護師に呼んでもらって。それと、頭を打ったから今夜は入院だよ。手続きはしておくから心配いらない。明日の朝、送っていくから、勝手にひとりで帰らないようにね」

「……ありがとう、誠一お兄さん」

誠一が外からカーテンを閉めると同時に、結衣は両手で顔を覆った。左腕の点滴さえ、気にしていられなかった。

——嘘。どうして？　そんなのおかしい。富良野で彼と一緒にいたのは、わたしなのに。どうしてさっきの女性《ひと》が、東条さんのそばにいたことになっているの……⁉

どことなく、自分と似た印象の女性。顔立ちは、きっと結衣より由花子のほうがずっと美しい。けれど、背格好や声質が、そして何より小声で話す口調が似ているのは気のせいではなかった。

「う……う、嘘、そんなの、嘘……」

ぼろぼろとあふれた涙が、病院のシーツと枕を濡らしていく。

身も世もなく泣き伏しながらも、結衣は声を出さなかった。内に押し殺した泣き声は、喉をひどく痛め、体の中を焼いていくように苦しくて。

それでも、声を出すことはできなかった。

翌朝の回診が終わり、誠一が迎えにきたころには、結衣もそれなりに心の落ち着きを取り戻すことができていた。それでも、顔色がひどく悪いと言われて、中華粥の専門店で食事をして帰ることになった。

誠一の運転する車の中、結衣は小さな声で話しかける。

「誠一お兄さん、食事の前にカフェに寄っていい？」

「えっ、コーヒーや紅茶はあまり食前に飲まないほうがいいと思うよ」

「ううん、違うの。職場に寄って、昨日のことを謝りたくて……」

店には病院から連絡をしてもらっていたけれど、やはりどうしても自分の口で謝罪したい。結衣が抜けたことで、スタッフに迷惑をかけたに違いないのだから。

「それなら、僕が電話しておいた。明日も休みでいいと店長さんが言っていたよ」

「でも……」

オープンからまだ二カ月。

店長の勝義は、結衣よりも休みが少ない。それなのに、自分ばかりが休暇をもらうのはひどく心苦しい。

「あのね、結衣ちゃん。きちんと体を休めないで仕事に戻ったら、もっと迷惑をかけるかもしれないということはわかってる？」

「……はい」

「だから、今日は僕と胃に優しいものを食べて、アパートに帰ったらゆっくり休むこと！約束しないいなら、強制入院させる方法を検討するよ？」

「そっ……それは困ります！」

「はい。じゃあそういうこと。食事をして、ゆっくり眠って、明日も休む。いいね」

「お兄さんにはかなわないなあ」

ふふっと小さく笑うと、自分の声が由花子の声に重なって聞こえた。

もう、考えないようにしよう。

病院でさんざん泣いたあと、結衣はそう決めたはずだった。たとえ、由花子が隼世に嘘をついているのだとしても、隼世が幸せならそれでいい。それに、あの様子なら由花子はきっと隼世を愛しているに違いない。

今さら自分がのこのこと出ていって、「富良野で東条さんと一緒にいたのはわたしです」なんて言ったら、彼を困らせるだけだ。

「ああ、そうそう。そういえば、結衣ちゃんがぶつかって一緒に転んだ菅原さんだけど」

「っ……」

忘れようと思った矢先に、由花子の名前が誠一の口から出る。

「結衣ちゃんのことをとても心配していてね。お詫びとかじゃなく、一度お茶でもって言っていたんだ。連絡先を聞きたがっていたから――」

「お、教えたの……?」

「うん、結衣ちゃんの電話番号を勝手に教えることはできないから、カフェの名前だけ教えておいたよ。何かまずかったかな?」

「……う、ううん。ありがとう」

本来、結衣のせいで由花子に怪我をさせてしまったのだから、こちらから連絡先を聞いて謝罪に出向くのが筋だ。

——わたしを心配って、どうして……

あのとき、こちらを一瞥した由花子のまなざしに寒気を覚えた。彼女にすれば、特に意味のある所作ではなかったのかもしれない。だが、隼世に向ける可憐な表情とは違う、妙に空虚な視線を感じた。

「そんなに心配しなくてもだいじょうぶ。萱原さんって、ちゃんとしたおうちのお嬢さんだよ」

気にしているのは、由花子の身元ではないのだけれど、不安げな結衣に誠一が運転しながら説明してくれる。

「与党の元幹部の萱原議員って覚えてるかな。ほら、一昨年の選挙で話題になった人。あの萱原議員のお孫さんらしいんだ。それに、萱原さんの婚約者は、僕も知っている男性でね。東条隼世さん。昨日、結衣ちゃんも見たでしょう？　彼はね、あの若さでＴＪコンチネンタルホテルの社長なんだ」

「……そう、なんだ」

由花子の家柄は知らないけれど、隼世の職業は知っていた。だが、それはもう今となっては誰にも言えない話だ。

これから先も、誰にも言えない。

そう思ったとたん、なんだか自分が滑稽《こっけい》に思えた。もしかしたら、記憶がおかしいのは自分のほうなのではないかと、そんな気持ちになったのだ。

「結衣ちゃん？　どうした、なんか楽しそうだけど」

「ううん、美男美女でお似合いだなって思ったの。萱原さんがお店にいらしたら、ちゃんと謝罪しなくちゃね」

「ああ、うん……」

どこか腑に落ちない表情の誠一から顔を背け、結衣は車窓の外に目を向ける。

流れていく景色が、光に満ちていた。太陽がこんなに眩しいと目が痛くなる。東京には、たくさんの人がいて、たくさんのお店があって、たくさんの楽しいものがあって、たくさんの新しいものがあって、なんだってあるのに。

——わたしは、何がほしかったんだろう。東条さんは幸せなんだから、勝手に寂しく思うなんておかしいのにな。あの人が幸せなら、それだけでいいって心から思いたいのに、どうして胸がこんなに痛いのかな……


♪。+.ο.+。♪。+.ο.+。♪

十月になってすぐ、萱原由花子は『.K』にやってきた。

覚悟はしていたけれど、彼女の白いワンピース姿を見たとき、結衣は頭をうしろから殴られたようなショックを覚える。もちろん、熱中症で倒れたときの後頭部の怪我は、とうに癒えているというのに。

「いらっしゃいませ。あの、萱原さん、先日は――」

店の入り口で、結衣は頭を下げようとした。由花子が、そっと右手を上げる所作ひとつで、それを押し留める。

「いいんです。こちらこそ、大げさに騒いでしまってごめんなさい。婚約者が、少し心配性なものですから」

「……いいえ、ご心配なさるのは当然のことです。大事な婚約者が怪我をしたと聞いて、取り乱さないわけがありません」

今すぐ、この場から消えてしまいたい。

あれから何度考えても、やはり結衣の記憶に齟齬《そご》はなかった。つまり、おかしいのは自分の記憶ではないと信じられる。なにしろ、財布の中には隼世の残していった名刺があった。

「あの……お席に案内していただいてもいいですか?」

頭を下げたままの結衣に、由花子が小さな声でそう言う。

「はい、お待たせして申し訳ありません。こちらへどうぞ」

いつまでも、謝罪しているのでは逆にお客さまに失礼になる。結衣は、いつもの自分を取り戻そうと、由花子を席へ案内した。

「ねえ、千原さん。今日はあと一時間で、お仕事は終わり……ですよね」

椅子に座った由花子が、メニューに目を落としたまま、こちらを見ずに確認する。

なぜ、彼女が自分のシフトを知っているのかはわからない。だが、由花子の言うことに間違いはなかった。

「はい、そうです」

「よかったら、そのあと一緒にお食事でもしませんか？　わたし、あなたとお話ししたいことがあるんです」

にっこりと微笑む彼女は、どこからどう見ても、育ちの良いお嬢さまで。

「……菅原さんとお食事だなんて、恐れ多いです」

「いやだわ。お祖父さまのことを聞いたんですね。祖父が少し有名だからって、わたしは一般人です。お食事くらい、誰とだって普通にするんですよ」

結衣とそれほど変わらない、小さな声。

けれど、由花子の言葉にはなんとなく逆らいにくいものがあった。

「わかりました。ですが、お待たせしてしまうかもしれません」

「気にしないでください。わたし、待ってますから」

約束を取りつけると、彼女はもう結衣などそこにいないもののように、メニューをあれこれ眺めている。

一礼し、その場を離れたけれど、心臓がバクバクと早鐘を打っていた。


一時間後。

結衣は、予定どおりに勤務を終えた。待ちかねていたらしい由花子が、会計を済ませて駆け寄ってくる。逃げ場はない。

「早く終わって良かったですね。立ち仕事ってとっても大変そうですし。あ、車を待たせてあるんです。行きましょう？」

そっと彼女の手が、結衣の腕に触れた。

「あの……」

「そんなに心配しなくても、隼世さんは来ません」

笑顔のままでそう言った彼女に、結衣の表情は凍りつく。

「ごめんなさい。先日、病院で隼世さんが怒っていたから、怖かったかなって思って……」

「いえ、あの、こちらこそ……」

何が「こちらこそ」なのか、自分で言っていながらわからない。

——こちらこそ、あなたの婚約者に会うのが怖いと思ってごめんなさい？

だが、怖いのは隼世が怒ることではなかった。彼が、自分との思い出をほかの女性との思い出だと思っていること。ほかの女性を愛している姿を、目の前で見ることだ。

「千原さんって、とっても謙虚で優しい方なんですね」

「そんなふうに言ってもらえる人間じゃありません。萱原さん、何か誤解されてます」

「ほら、やっぱり謙虚です」

ふふっと笑った由花子が、結衣の腕を引っ張る。

店を出て、車を待たせている大通りまで歩く途中、彼女はずっと結衣の腕をつかんでいた。強くつかまれているわけではないのに、なんだか不安が胸にこみ上げてくる。

白く細い指が、手入れをしたきれいな桜色のジェルネイルが、結衣を逃がさないと物語っている——そんな気がして。

「そういえば、千原さん、千原結衣さん。気づいてましたか？　あなたとわたしって、イニシャルが同じなんです。それに、身長も同じくらいだし、声も少し似ていますよね」

待っていたのは、リムジンと呼ばれる長い車体の車だった。由花子にすれば、高級車の送り迎えは当たり前のことなのか、彼女は慣れた様子で座席にするりと乗り込む。

「……あの、萱原さん」

結衣も車に乗ったものの、革のシートがひんやりと冷たく、なんだか自分が座っていいものではないように思った。

「由花子って呼んでください、結衣さん。それと、お食事よりお茶のほうがいいですか？　まだ夕飯には時間も早いですから」

「あ、はい」

この車は、あまり揺れない。道の整備が良いのか、車の性能なのかは不明だ。

「結衣さん、隼世さんのお父さまのことはご存じですか？」

「東条さんの……お父さん、ですか」

由花子の祖父が有名な政治家だということは聞いているが、隼世の父に関して、結衣は何も知らない。

「東条プラウドホテルグループや、東条デパートを経営している東条社長です」

ホテルもデパートも、誰もが知る全国規模の老舗だ。

――東条さんのお父さんが、そんなすごい会社の……

だから、隼世も若くして自身で高級リゾートホテルグループを経営しているのか。やはり、自分とは住む世界が違う。

「……不勉強で、お恥ずかしいです」

「ううん、知らなくたって困らないですものね。結衣さんには、関係ないことですし」

リムジンは、たった今名前を聞いた東条プラウドホテル東京へと到着しようとしていた。

吹き抜けのティーラウンジは、中二階で弦楽四重奏の生演奏が行われている。グランドピアノも置かれているが、今はピアノの前に座る演奏者はいない。海外から仕事で訪れた雰囲気の外国人が多い中、結衣は気後れしながら席についた。

――映画に出てくるお店みたい。

この状況でなければ、結衣もそれなりにラウンジの雰囲気を楽しめただろうか。だが、残念なことに今日は、とてもそんな気分になれそうにない。

メニューを見ても、何を頼んでいいかわからず、結衣は由花子と同じものを注文した。紅茶が届くまでの間、丸いテーブルを挟んで正面に座る由花子は、ジェルネイルの指先を気にしている。こちらには見向きもしない。

――何か、話したほうがいいのかな……。

とはいえ、住む世界が違いすぎる相手に、どんな話題を振ればいいのか、結衣には思いつかなかった。

紅茶が運ばれ、ウェイターが去って数秒後。

由花子は、バッグから白いハンカチを取り出した。

「っ……う、うっ……」

――えっ!?

しかも、ハンカチを手にしたと同時に、彼女の大きな瞳からポロポロと透明な涙がこぼれはじめたのだから、結衣が困惑したのも無理はない。それまで、由花子が泣き出す予兆はなかったのだ。

「あ、あの、由花子さん……?」

「ごめんなさい、結衣さん、ごめんなさい……」

長い睫毛を伏せて、由花子が謝罪する。先日の件に関して言うならば、謝るのは結衣のほうだ。それなのに、なぜ彼女が。

その疑問は、直後に解消された。

「結衣さんが……富良野で、隼世さんと一緒に過ごしていらした女性なんですよね……?」

「……っ、そ、れは……」

肯定も否定もできない。

由花子が、どうしてその事実を知っているのか。そして、隼世はどうしてそのことを知らないのか。加えて、由花子のことを富良野で一緒に過ごした女性だと思っているのはなぜなのか。

結衣にすれば、なかば確信のある疑いが現実になった瞬間だった。

「わたし、嘘をつきました。嘘をついてでも、あの人と結婚したいと思ってしまったんです」

うつむいた由花子が、ぽつりぽつりと話しはじめる。

「ほんとうは……わたしが、ずっとあの人のそばにいたかったから。わたしこそが彼の婚約者になるべきだったのに、事故のあとで、隼世さんは突然姿を消してしまって……」

彼女の話は、結衣にはよくわからないところがあった。

そもそも、ふたりは手術以前に面識がなかったのだという。それなのに、婚約者になるべきというのは、双方の家が縁を持ちたいと考えているからなのか。

——それとも、ずっと東条さんを遠くから見て憧れていたんだったら……？

そうだとしたら、彼女もまたつらい恋をしていたのかもしれない。

「だから、隼世さんの手術後にお見舞いに行ったんです。彼のことが心配で、無事にお仕事に復帰できる状態になられたのか、気になって……。なのに、彼はこのハンカチの持ち主が自分を救ってくれたと言い出したの……」

「！　それは……」

由花子が涙を拭っているハンカチは、かつて結衣が隼世に貸したものだった。Y．Cのイニシャルを刺繍しただけで、ほかになんの特徴もない三枚五百円のハンカチ。おそらく、由花子が使うにはふさわしくない、庶民のハンカチ——

「たぶん、隼世さんは術後でまだ記憶が混乱していたんだと思います。彼はわたしのことを富良野で一緒にいた女性だと勘違いしたらしくて……」

ああ、と結衣は胸を押さえる。

こんな上品な女性に対して、自分と似ているだなんて言うのはおこがましいが、やはり結衣と由花子には似ている部分がある。そのうえ、イニシャルまで同じだというのなら、隼世が由花子のことを自分だと勘違いしても仕方がない。

まして、術後すぐで記憶が混乱していたときならば、似た印象の女性が目の前に現れたときに、尋ねるのも当然だ。その相手が、結衣ではなく由花子だった。それだけのこと。そして、由花子は周囲から隼世の花嫁として望まれる人物だという点が、結衣とはまったく違っている。

「だから、わたし言ったんです。あなたと一緒にいたのはわたしです、って。そうしたら、隼世さんとっても嬉しそうに笑ってくれたんです。事故の前は、どんなパーティーでも、どんな祝賀会でも、いつだって無愛想だった彼が、わたしに微笑みかけてくれて……」

「……はい」

悲しい気持ちもあるのに、結衣は自然と微笑んでいた。

嘘をついた由花子の気持ちがわかるとは言えないが、隼世が初めて笑いかけてくれたときの気持ちなら想像できる。

仏頂面で不機嫌な彼が、ふいに笑ってくれるとそれだけで心が弾んだ。ふっと微笑むのを見れば、呼吸さえ忘れそうになった。それが、恋をしているということ。

「嘘をついてでも、隼世さんと結婚したいと思ったんです。一生、この嘘をつきとおすと心に決めています。でも、あのとき――」

　顔を上げた由花子の瞳が、まっすぐに結衣を射貫く。背筋が、ぞくりと震えた。

「あのとき、病院であなたたちが顔を合わせたとき、わたしはすぐに気づきました。ああ、この人が隼世さんと一緒に過ごした人なんだって。だって、わたしたち、少し似ていますよね。髪型を同じにしたら、もっと似てくるはずです。だから……最初は、ただの直感だったんですけど、調査員を雇って調べさせたら――やっぱり、そういうことで」

　調べているのならば、今さら結衣がはぐらかすわけにもいかない。だが、真実を暴いて由花子はどうしたいのだろう。

――東条さんは、富良野でのことをもしかしたらあまり覚えていなくて、手術後にそばにいてくれた由花子さんを好きになったのかもしれない。だって、わたしは東条さんに好きだと言われたわけじゃない。そんな言葉は、一度も……

「結衣さんは、隼世さんに真実を話しますか……?」

　泣き濡れた赤い目が、小さなウサギのように見える。震える肩、わななく唇、そして何よりも「言わないで」と訴える彼女の瞳に、結衣は目を伏せた。

「わたしは、そんなつもりじゃ……」

「だったら、お願いです。あなたが望むこと、わたしなんだってします。だから、あの人を奪わないでください。あの人と結婚したいんです。あの人のそばにいたいんです。お願いします。わたしから婚約者を奪うだなんて、そんなひどいことしないで……っ」

可憐な女性が、婚約者を奪わないでくれと懇願する涙声。それは、彼女が嘘をついていると知っている結衣でさえ、胸を引き裂かれるような悲痛な響きだった。

「……由花子さん、顔を上げてください」

「いやっ、あなたが約束してくれるまで、わたしは何度だってお願いします。どうか、わたしの婚約者に手を出さないでください。お願いします、お願いします……」

こうして話していると、結衣と由花子の声はそれほど似ていない。最初は、どこか似た感じの響きがあると思ったが、結衣には彼女ほど感情を吐露《とろ》する勇気がないのだ。

悲しくても、嬉しくても、苦しくても、幸せでも、結衣の声はいつもとても小さい。それに比べて、由花子は今、ほんとうに手に入れたいものを守るために、涙に濡れながらも声を張り詰めさせていた。

「わかってます。だから、顔を上げてもらいたいんです」

「ほんとうに……?」

今にも壊れてしまいそうなか弱い由花子は、自分で頼んでおきながら、結衣の返事に驚いたような表情を見せる。

「はい。東条さんが幸せなら、わたしはそれでいいんです。それに……わたしより、由花子さんのほうが、ずっと東条さんとお似合いだと思います」

だから、と結衣は続ける。

この先は、地獄。

自分で踏み込めば、もう帰り道はない。それをわかっていて、唇を湿らせる。

「――だから、お約束します。わたしからは、事実を話すことは絶対にしません。それに、安心してください。東条さんは、わたしの名前も顔も知らないんです。先日は偶然……あんなふうに再会してしまいましたが、住む世界の違う人と、そうそう会うことはありません」

ほう、と由花子が安堵の息を吐いた。

「ありがとう、結衣さん。あなたのために、わたしは何をしたらいいですか？　なんだって言ってください。隼世さんを諦めていただくためなら、マンションだって車だって……。あなたの働いていた富良野のレストランを買い取って、プレゼントすることも――」

さっきまで泣いていたのが嘘のように、由花子は目をキラキラさせて矢継ぎ早に提案をしてくる。

「い、いえ。何もいりません。わたしには、ほしいものはないんです」

それどころか、そんな高額なものを誰かからもらうだなんて、考えたこともなかった。

「やっぱり、結衣さんってとっても謙虚なんですね」

そう言って、彼女が口元をそっとハンカチで隠す。気のせいだろうか。今、由花子はにんまりと笑っていたような――

「そんなんじゃないんです。ただ、ほんとうに、何もほしくないんです」

ほしいものがあっても、それはお金で買えるものではないのだ。

大好きな人と、ずっと一緒にいられる約束がほしい。子どものような願いは、口に出すのもはばかられて。

「由花子さん」

「はい」

すっと背筋を伸ばし、結衣は由花子を見つめる。

「どうか、東条さんと幸せになってください。わたしの願いはそれだけ……ですから……」

言葉の途中で深く頭を下げた。言い終えるころには、鼻が詰まって視界がにじんでいる。

――こんな顔を見せたら、きっと由花子さんを困らせるだけなのに。まったく、昔から泣き虫なんだから、駄目だなあ。

結衣は、小さく鼻をすすって顔を上げる。まだ、かろうじて微笑むことはできた。

「お話がそれだけだったら、わたしはこれで失礼します。おふたりの邪魔をするつもりはありません。どうぞ、お幸せに」

立ち上がり、由花子の持つ女性的なデザインの有名ブランドのバッグとはかけはなれた、機能的でお手頃価格の四角いデイパックを肩にかける。

「ねえ、待って、結衣さん。車で送らせますから……」

「いいえ、歩いて帰ります。お茶をごちそうさまでした。こんな高級な紅茶、初めて飲みました。ありがとうございます」

「ねえ、結衣さん、結衣さん……」

まだ何か言いたげな由花子を残し、結衣は早足にラウンジを横切った。

早く、早く。

一秒でも早く、ここから逃げ出したい。

六畳の自宅アパートに帰って、ひとりになって枕に顔を埋めて、目を閉じる。そうすれば、きっと何も考えずに眠れるはずだ。

――だいじょうぶ。東条さんは、由花子さんにあんなに愛されてるんだもの。もう、何も心配しなくていい。もう、彼のためにわたしができることは何もないんだ。

ホテルを出ると、結衣は走り出していた。

東京の地理は、まだよく頭に入っていない。だけど、走っていればどこかに地下鉄の駅がある。それを見つけたら、階段を駆け下りればいい。

どこか。

どこかに、きっとたどり着く。

そこがどこだとしてもかまわない。ここではないどこかなんて、どこにもないと知りながら、結衣はただひたすらに走っていた。

♪。+.゜.+。♪。+.゜.+。♪

「あーあ、結衣さんってほんとうにライバルとしておもしろみのない田舎娘なのね。あんなふうに振る舞わないと、隼世さんに疑われちゃうだなんて、わたしも面倒な相手を選んだものだわ」

ラウンジにひとり残された由花子は、そう言って紅茶を飲む。そこに、女性がひとり近寄ってきた。

「ちょっとちょっと、由花子ぉ～。見てたわよ。何あれ」

偶然、ラウンジに居合わせたらしい女子大時代の友人が声をかけてくる。

「菜々《なな》、どうしたの？　久しぶり！」

「久しぶり～、ってそうじゃなくて！　さっきの茶番、もう笑いそうになって困ったんだけど。由花子ったら、何してるのよ」

「何って、婚活？」

結衣と話していたときとは、明らかに声のトーンが違う。口調も違う。なんなら、表情さえも別人のようだった。

「婚活とか、笑わせる気？　由花子のさっきの儚げなお嬢さまモードって、男を落とすときの常套手段でしょ」

「そ。でも、相手が女だって邪魔者を消すためなら、いくらでも嘘泣きくらいする」

「もう、これだから由花子は怖いんだよね。婚活なんて、由花子の家だったらいくらでもいい相手、見つけてくれるんじゃないの」

「見つけてくれるわよ。だけど、姉さんたちよりいい男と結婚しなきゃ、意味がないの。末っ子なんて損ばっかり。いつも貧乏くじを引かされてきたんだから、結婚は誰よりおいしい男を選ばなきゃ」

くすくすと笑い合うふたりが、共犯者のように目配せをする。

近くの席にいた男性のひとりが、小さな声で「女って怖《こ》えー」とつぶやいたが、由花子の耳には届かなかった。


♪。+.o.+。♪。+.o.+。♪


何かがおかしい、と東条隼世は思う。

だが、視力回復のために脳の血管を手術してからこちら、記憶がひどくあやふやだ。正確にいえば、手術前の一年をぼんやりとしか思い出せない。

――夢にまで見る彼女は今、俺の婚約者としてそばにいるというのに、どういうことなんだ？

事故に遭って以来、隼世は自分の人生について考えることが増えた。事故の後遺症で失いかけた視力は、このまま自然に戻るか戻らないかわからないと医師から説明を受け、危険を伴う手術をする必要があると知ってから、彼は幼い日を過ごした富良野の洋館に引きこもった。

隼世の母は、東条の父と婚姻関係になかったため、彼は母の実家で祖母と三人暮らしの幼少期を過ごした。

父親のいない子どもではあったが、母方の実家はかつて米屋を営み、潤沢な私財があったため、金銭的な苦労はしたことがない。それどころか、明治時代に建てられた金持ちの道楽のような洋館を買い取り、裕福に暮らしていた。

祖母は早くに亡くなったものの、母がいてくれたから寂しくはなかった。隼世は多くの子どもがそうであるのと同様に、美しく優しい母が大好きだった。

それが、八歳になった夏。

急に、家の前に黒塗りの車がやってきて、隼世を強引に東京へ連れて行った。誘拐だと何度も声をあげたが、周囲の大人たちは誰も本気にしてくれなかった。それもそのはず、隼世は実の父親である東条隼一《しゅんいち》に引き取られたのだ。

母に、挨拶をすることもできなかった。

そもそも、母が自分を手放すことに同意したのかどうかさえ、知らないままだった。

幼い隼世に、父が言ったことは、

「妻との間には、子どもができないことがわかった。おまえを、我が家の息子として育てる。逃げて富良野へ帰ろうとしても無駄だ。そんなことをすれば、おまえの母親が苦しむことになる」

という、なんの説明にもなっていないものだ。

「いやだ！　ぼくはお母さんのところに帰る！」

「ならん。おまえの母親は、悪い病気になったと言って、私のところに連絡をしてきたのだ。帰ったところで、母親は入院しているのにどうやって暮らすつもりだ？」

そうか、と隼世は握りしめた拳《こぶし》をほどく。これは、母が望んだことだったのか。悪い病気にかかったことを、自分には教えてくれなかったのか。

「それに、矢来《やらい》の家にはもう金などほとんどない。おまえが富良野へ帰るというのなら、母親の治療にかかる費用を払う話もご破算だ」

「……お母さんの病気は、なおるの？」

「ふん、そんなこと私にわかるものか。金は出してやる。母親を助けたいなら、東条の家名を汚さんよう精進することだな」

父にとって、自分はあくまで東条家を継ぐための道具でしかない。そのことを、隼世は齢《よわい》八つにして理解した。

もとより、父の顔すら知らなかったのだ。なんの期待もしていなかった相手が、ほかの家の父親のように子どもをかわいがってくれなかったとしても、それほど悲しむことはなかった。

ただ、母のことだけが気がかりだった。

自分が良い成績を取り、東条家の跡取りとして恥じない行動をしていれば、母親の治療費を父が払ってくれる。その言葉を信じて、隼世は勉学に励んだ。

結果、彼は中学受験で都内屈指の進学校に合格し、学年でもトップクラスの成績を修めることとなる。そのころには、母の入院している病院を調べ、ひとりで長期休暇に富良野へ行くこともできなくはなかったのだが、彼はそうしなかった。

ある意味で、隼世は純粋な子どもだったのだ。

父が自分の成績にしか興味を示さずとも、母に何かあれば教えてくれると信じていた。また、勝手に母のところへ行ったことが父に知られれば、治療費の打ち切りをされる可能性も懸念していた。

自分が頑張っているかぎり、母はどこかで生きている。隼世はそう信じて、己を磨くことに専念した。

母が、とうに亡くなっていると知ったのは、高校に入学した年の夏だった。

夏季休暇に、海外での短期ホームステイをするよう父から命じられ、初めてパスポートの申請を行うことになった。その際に、申請書類として準備した戸籍謄本《とうほん》を見て、隼世は目を瞠《みは》った。

戸籍は父側に、親権は母側にあるはずが、謄本を見ると養母として父の妻の名が表記されている。自分のまったく知らないうちに、そんなことが行われていたのだ。

東条家の正当な後継者と考えてしたことかもしれない。だが、自分にも説明がほしかった。そう言った隼世に、父が表情も変えず、目すら合わせずに告げた。

「おまえの母親は四年前に死んだ。そのときに手続きを済ませておいてやった」

まるで、隼世のためにしたことだとでも言うかのような、冷たい返答。

母が亡くなっていたことを、四年もの間、知らされていなかったのだ。

隼世はそのとき、初めて父を憎んだ。それまでは、期待もしていない分、恨んだり憎んだりする感情もないものだと思っていた。だが、母が亡くなっていたと知って、自分が父に母への金銭的援助を期待していたのだと自覚したのだ。

——けれど、俺はどうだった。母さんに会いに行く努力をせず、ただ勉強ばかりしてきた。それは、父さんに認められたかったからじゃないのか。父さんに認められるために、母さんに会いに行くことを諦めたんじゃないのか。

自分への怒りもまた、隼世を追い詰めた。出口のない深い闇の中で、彼は誰にも期待しないと誓うことで生き抜く術を手に入れる。

東条の家名に惹かれて寄ってくる相手を、決して信用しない。自分の容姿や学力に魅力を感じて近づく者に、心を許さない。当然ながら、父にも父の妻にも近づかず、いつか必ず東条の家を出て彼らを見返すことに執念を燃やした。

そして、彼は。

二十七歳の若さで、ＴＪコンチネンタルホテルグループを起業する。

父の隼一は、息子の成功を喜んだ。今でもなお、隼世のことを東条家の跡取りと考えているようだが、息子のほうはそんな気持ちは毛頭ない。

しかし、成功すればするほどに虚しさがつきまとった。誰のことも信じないということは、常に孤独と背中合わせに生きることを意味する。隼世が信じたのは、金だけだった。

金は、自分を裏切らない。金にまつわる人間関係でいざこざが起こることはあっても、それは金そのものの問題ではない。

そして、富を手にするほどに、彼は何度も亡き母のことを考えた。

――この金があれば、母を救うことができたのだろうか。父は、ほんとうに母のために治療費を払ってくれていたのだろうか。

巨万の富を持つ父は、自身の気に入ったものにはいくらでも金を使う反面、気に入らなければどんな少額でも渋る男だった。

あんな男の口車に乗って、素直に東条家のために勉強をしていた幼い自分が、今ではひどく情けない。たとえ、金がなかったとしても、母はきっと自分と過ごすことを望んでくれたのではないだろうか。

金さえ、あれば。

母と別れることもなく、母を喪うこともなく、自分の人生はもっと慈愛に満ちたものになったかもしれない。そう思うことで、いっそう隼世は金以外を信じられなくなった。

彼女に、会うまで。

そう、彼女と出会って、隼世の人生は転換期を迎えた。ある意味では、その前に事故によって一度すべてを失ったことも大きかったのだろう。

彼女は、とても小さな声で話す女性だった。触れた手が冷たくて、指の細さに心臓が跳ねた。

最初は、声をかけてくる彼女に対して邪険な態度をとったこともあったというのに、それにめげることなく、彼女は何度も挨拶をしてくれた。

それから――

次第にふたりの距離が近づき、隼世は彼女に執着していった。自分から、互いの個人的なことを明かさないことを決めておきながら、彼女のことを知りたくて気が狂いそうになったこともある。

──だが、なぜだ？

おそらく、彼女に恋人がいると邪推しただろうことは覚えている。しかし、何が決め手でそう思い込んだのかは、理由を思い出せない。

そんなふうに、記憶にはところどころ穴が開いていた。それでも、彼女を愛しいと思っていた。

手術が終わった直後、病室には白いハンカチが置いてあった。術前の自分が、そこに必ず置いておくよう命じたのだと、秘書からあとになって聞いている。

白いハンカチに、Y．Cのイニシャルが刺繍されているのを目にしたとき、初めて自分が視力を取り戻したと実感した。

──それから……苣原由花子が、病室を訪れた。

名前だけは知っている女性だった。政治家の孫娘で、父が自分の結婚相手として筆頭候補にあげていた人物である。

しかし、隼世は顔もわからない富良野の女性に会いたい気持ちしかなかった。苣原由花子になど、まったく興味も持っていなかったのだ。

『隼世さん、お加減はどうですか？』

あの声。

か細く、小さな声が、一瞬で記憶を揺さぶった。術後、意識は戻っていたものの、脳の手術の影響か感覚がひどく曖昧だった。

そこで聞いた声に、隼世はありえないと知りながら、由花子に尋ねた。きみは、富良野で自分と一緒に過ごした女性なのか、と。

由花子は頷き、それからふたりは結婚を約束した関係にある。年が明けたら、婚約披露パーティーを執り行う予定も立っている。

——だが、やはり何かがおかしい。由花子は、彼女ではないような気がしてならない。

そう思いはじめたきっかけは、彼女があのハンカチを返してほしいと言ったことだった。思い返せば、なぜ当時、萱原家の令嬢である由花子が富良野にいたのかを尋ねたときも、妙に曖昧な返事をされた。その次に会ったときには、改めて詳細な事情を説明され、そうだったのかと納得したものの、細かなところで辻褄《つじつま》が合わない。

そういった小さな違和感があって、隼世は由花子に手を出すことはしなかった。彼女は、隼世の部屋に来たいと何度も言ったが、いつも理由をつけて断った。婚約者相手にひどいものだとわかっていたが、記憶の中の彼女は由花子と別人のように思えてならない。

それでも、隼世が由花子との婚約を解消しなかったのは、ひとえに彼女——由花子ではなく、富良野で出会ったあの彼女への想いが胸にあったからだ。

もしもいっときの感情で、由花子を彼女ではないと決めつけて、それが間違っていたら取り返しがつかなくなる。今の自分は、まだ記憶に穴があるのだから、勘違いをしている可能性もなくはない。

何度も、自分にそう言い聞かせた。

けれど日を追うごとに、由花子への違和感は大きくなっていく。

先日、由花子が怪我をしたと聞いて、かつて手術を受けた病院へ飛んでいった。あの日、隼世は何か大切なものを思い出しかけた気がするのだが、それはやはり指の隙間からこぼれていってしまった。

自分は何を忘れているのか。

自分は何を思い出せずにいるのか。

そればかりを考え、あれ以来由花子とも会っていない。

由花子からは、婚約パーティーの件で相談したいことがある、と何度も留守電が入っていた。いったんは婚約すると決めたものの、隼世はそれを解消すべきではないかと、ここ数日思い巡らせている。

そんな折、新規オープンしたＴＪコンチネンタルホテル六本木の視察の帰りに、道中で社の送迎車がエンジントラブルに見舞われた。珍しく電車に乗った隼世は、ふと表参道に立ち寄る。特に目的があったわけではない。なんとなく、気が向いた。それだけのことだった。

帰り際、小さなカフェに立ち寄ったのもただの時間つぶしでしかなかった。

「いらっしゃいませ。おひとりさまですか？　奥のお席へどうぞ」

制服を着た女性の店員が、ラフな案内をする店だ。まだ新しいらしく、内装もテーブルや椅子も新品の香りが残っている。

席についてメニューを眺めて二分が過ぎたころ、「ご注文はお決まりですか？」と、先ほどの店員とは違う声が聞こえた。

その声に。

隼世は、びくっと肩を震わせた。

――似ている。

いや、似ているなんてものではない。夢で聞く彼女の声、そのものだった。

振り返ると、そこには小柄な黒髪の女性が立っている。店の制服を着て、肩にかかる程度に切りそろえた髪の、どこか寂しげな顔立ちの女性だ。

彼女を見た瞬間、隼世はその顔に見覚えがあると気づいた。同時に、相手がひどく怯えたように見える。

「ああ、そうか。あなたは由花子が怪我をしたときの――」

病院で会った女性だ。たしか、熱中症で路上で倒れたのだったか。

「その節は、たいへんご迷惑をおかけしました。本日は、菅原さんと待ち合わせですか？」

二十歳を過ぎているか、あるいはまだ十代かもしれない、化粧っけのない白い肌。富良野で出会った彼女の声と聞き間違えたのは、きっと病院で一度聞いた声だったせいだろう。

「待ち合わせ？　いや、違うが。彼女はこの店によく来るのか？」

「……一度だけ、いらっしゃいました」

制服の左胸に、『千原』と書かれたネームプレートがある。その千原という女性は、病院での隼世の態度に恐怖していたのか、客を相手に目を合わせようとしない。

「コーヒー、ブレンドで」

「はい、ブレンドコーヒーでございますね。かしこまりました。少々お待ちください」

小さな声で復唱すると、彼女は逃げるようにカウンターへ戻っていく。

――しかし、あんなに怯えさせるほど俺はひどい態度をとったか。まあ、とったかもしれないな。

その後ろ姿を眺めて、隼世は短いため息をついた。黒髪が、背でさらさらと揺れる。細い腰と、どこか不安げに揺れていた瞳。

何かが引っ掛かる。

それがなんなのかは、わからなかった。だが、間違いなく彼女のことを自分は知っている。病院で会っただけの関係ではない、と本能が告げているのだ。

ありえないとわかっている。そんなはずがないと知っている。それでも、心が騒いだ。

――勘違いではなかったとしたら？

――今の千原という女性が、富良野で俺のそばにいた彼女だとしたら？

――いや、そんなはずがない。由花子は、自分が富良野で俺の面倒を見ていたと言っていただろう。

だが、しかし、いや、とらしくない考えを巡らせているうちに、千原嬢とは別の女性店員がコーヒーを運んできた。

少し、残念だと思う。もう一度、彼女の声を聞きたいと思ったからだ。できることなら、笑い声も聞きたい。それから、頬の感触をたしかめて、手の温度を知りたい。そうすれば、きっとわかる。彼女なのかどうか――

「ハ、馬鹿な」

自分の思考に、愚かしさを感じて隼世は小さく自嘲する。

由花子という婚約者がいる身でありながら、なぜほかの女性の頬や手に触れたいなどと、不埒なことを考えたのだろう。

隼世は、父を見てきたからこそ女性に対して誠実であろうと自分を律して生きてきた。

たしかに、人間を信用しないきらいはあるが、だからといって不実ということにはならない。誰かを傷つけることを楽しむ趣味もなければ、誰かを苦しめてよしとする性格でもないのだ。

まして、女性関係においては特に気をつけてきたというのに、なぜあの千原という女性がこんなに気になってしまうのか。

――きっと、彼女の声のせいだ。

そういえば、彼女は由花子と声が少しだけ似ている。小さな声で話すのは、サービス業としてはいささかいただけないけれど。

その日、隼世は会計でも彼女と顔を合わせることはなかった。あるいは避けられているのかもしれないと思ったが、また彼女の声を聞く機会を求めて、翌日もカフェ『K』を訪れることになる。

運良く、その店は隼世が滞在しているTJコンチネンタルホテル東京から、タクシーで十五分とかからない立地なのだ。わざわざ飲みに来るほど美味なコーヒーがあるとは言わないが、息抜きにカフェへ行くくらい、多忙な隼世にだって許される。そんな言い訳をして、彼はそのカフェに何度も通った。


「――せさん、隼世さん、聞こえてますか?」

ふいに名前を呼ばれて、自分が由花子と食事中だったことを思い出す。

十一月になり、街は次第に冬の装いが目立つようになってきた。先月はほとんど、由花子の誘いに乗らなかったこともあり、あまり無視するのは誠実ではないと考えて、今日の夕食をともにしている。

「すまない、ちょっと考えごとをしていた」

「……わたしといても、楽しくない……ですか？」

上目遣いにこちらを見る由花子は、おそらく多くの男性から見て魅力的なのだろう。

だが、隼世はここ最近、千原結衣のことばかり考えていた。

「いや、そういうことではないんだが。悪かった」

「ふふ、いいですよ。男の人には、そういうこともありますよね」

小鳥の囀《さえず》りを思わせる、細く澄んだ声。以前は、その声に大切な彼女の声を重ねたけれど、今はそうではなくなっている。

――由花子は、彼女ではない。

その考えが、どんどん強くなっていく。

「少し聞きたいことがあるんだが、いいか？」

「はい」

「富良野でのことだ。俺は、」

すうっと由花子の表情が薄くなる。

「……ごめんなさい。急に気分が……ワインを飲みすぎてしまったみたいです。少し失礼しますね」

そう言って、彼女は席を立った。

ＴＪコンチネンタルホテル東京の四十二階にあるレストランで、隼世は空席になった正面の椅子をじっと睨みつける。

以前から、こういうことは何度かあった。

富良野での話をしようとすると、由花子は理由をつけて話題を変えたり、席をはずす。

――由花子は、なぜ富良野での話を避けたがるんだ？

彼女が戻ったら、きちんと聞いてみよう。何か理由があるのかもしれない。そう決めて待つこと十分以上。由花子は戻らず、隼世は従業員を呼んで、女性用化粧室の様子を見てきてもらおうとした。

すると、従業員は社長を前に、ひどく恐縮した様子で「萱原さまは、急用ができたとのことですでにお帰りになられました」と告げる。

隼世は、グラスのワインを飲み干した。すぐにソムリエがやってきて、グラスはまた満たされる。

都合が悪くなると逃げるのは、彼女が嘘をついているからなのでは――という疑念が強まっていく。富良野の話題をふるたび、何度も感じたことだ。

これまで、彼女を疑わないようにしてきた。彼女は恩人であり、ただひとり隼世の人生を変えてくれた人なのだから、と何度も繰り返し、自分に言い聞かせた。

──だが、そもそもその前提が間違っていたんじゃないのか。

今の隼世には、由花子が『彼女』だとは到底思えなくなってきている。そんな疑念に駆られているときに、こうして逃げられたのだ。疑念は確信へと変わりはじめていた。

腹が立つところもあるが、先に間違えたのは自分のほうである。もし、由花子が自分の曖昧な記憶を利用していたのだとしても、彼女ばかりを責めることはできまい。

──この時間じゃ、もうカフェは閉まっているか。

左手首の腕時計を確認すると、すでに二十一時を過ぎていた。場所から考えると、まだ開いている可能性もあるが、彼女──千原結衣はいないかもしれない。

千原結衣は、たいてい夕方まで店で働いている。

隼世が遅い時間にカフェを訪れることが少ないため、何時に仕事が終わるのかは知らない。だが、十六時から十八時の間に来店すると、たいてい結衣はそこにいた。

彼女は、いつも隼世の姿を見つけると、ふっと目を伏せる。そして、一瞬でもこちらが彼女に背を向けると、次に振り向いたときにはもう店の奥へ隠れていた。

間違いなく避けられている。それを知っていて、通い詰める自分がストーカーのように思える。

けれど、結衣の声を聞きたいと思うのは本心だ。自分を偽ることはできない。かなうならば、彼女に直接聞いてみたかった。きみこそが、富良野で自分のそばにいてくれた女性なのではないか、と。

残りのワインを飲み干すと、隼世はレストランをあとにする。

いるわけがない。もう帰っているに違いない。

そう思いながらも、ホテルを出てタクシーに乗った。行き先は、表参道。

ところが、彼の予想に反して『K』の店内には結衣の姿があった。

「いらっしゃいませ。お好きな席にどうぞ」

遅い時間のせいか、客が少ない。そして店員も少ない。案内に出てきた結衣は、一応こちらを見てはいるけれど、その目が不安に揺らいでいる。

「……こんばんは」

隼世は、意を決して彼女に声をかけてみた。

「こんばんは、ご愛顧ありがとうございます」

深く頭を下げて、結衣は返事をしてくれる。けれど、それはひどく他人行儀だ。

——きみではないのか？　俺を支え、助け、救ってくれたのは……

「あれ、東条さんじゃありませんか」

急に名を呼ばれ、目を向けた先には脳神経外科で世話になった医師——城月誠一が座っている。

「ああ、城月先生。奇遇ですね」

そうは言ってみたが、たしか彼は結衣の兄だ。けれど、ふたりは名字が違う。

——まさか、彼女は結婚しているのか？

耳の裏が、ぞわりと嫌な感じに痺れた。

「よかったら、ご一緒しても？」

彼といれば、結衣が会話に混ざってくれないだろうかという下心を持ちつつ、隼世は誠一に尋ねる。

「光栄です。今夜は妹の送迎係なもので」

「仲の良いごきょうだいですね」

「ええ。自慢の妹です」

爽やかの権化とも言いたくなる、誠一の笑顔が店内の照明の真下でやけに眩しい。だが、この兄妹はあまり見た目は似ていないようだ。

「東条さんは、仕事の帰りですか？」

「……まあ、そうですね。ちょっと息抜きに。実は、ここにはよく来るんです」

「驚いた。ホテル王も、普通のカフェでコーヒーを飲んだりするんですね」

「ホテル王だなんて大げさですよ」

オーダーをとりに結衣が来てくれるのを待っているのだが、彼女はなかなかテーブルへ近づいてこない。それどころか、カウンター内部で作業をしている。

――ほかに店員は見当たらないし、彼女が来るにきまっているが……

そんなことを考えながら、誠一と談笑をしていると、結衣はトレイにコーヒーを載せてやってきた。ちなみに、まだ注文はしていない。

「お待たせしました。ブレンドコーヒーです」

「ん？　東条さん、注文しましたか？」

誠一の前には、アイスコーヒーのグラスがある。ならば、彼が二杯目を頼んだということでもないようだ。

「……あの、東条さんはいつもブレンドをお飲みだったので、勝手に……すみません」

うつむいた結衣が、両手でトレイを胸に抱き、今にも消えそうな声で弁明する。

「ありがとう。いつもブレンドだと、覚えていてくれたとは驚いたよ」

きみは、俺を避けているからね――とは、誠一の手前でなくとも口に出さない。そんなことを言えば、ますます結衣は自分に寄ってこなくなるだろう。

今だってきっと、隼世が礼を言ったことに何も反応しないまま、戻っていくに違いない。そう、思っていた。

しかし。

「いえ……。ごゆっくりどうぞ」

顔を上げた結衣が、ほのかに頬を染めて微笑んでくれる。一般的には、微笑みと呼ぶに値しない程度の表情の変化かもしれないが、隼世は彼女の不安げな顔ばかりを見てきたせいで、わずかな違いにも目が釘付けになった。

――駄目だ。どうしてこんなに、彼女に心が揺らぐ？

今年、三十七歳になった隼世だというのに、まるで思春期の少年のように心が躍る。結衣の声に、鼓膜が甘く震えていた。

気づけば、結衣はテーブルを去っている。誠一は、残り少なくなったアイスコーヒーを飲みながら、「東条さん、ごきょうだいは？」と尋ねてきた。

「いません。妹さんがいる城月先生が羨ましいですよ」

「まあ、僕と結衣ちゃんは、血がつながっているわけではないんですけどね」

「……というと？」

本来ならば、食いつく場面ではない。さらりと流すのが大人のマナーだ。

「彼女の母親が、僕の父親と再婚したんですよ。あれはたしか、八年……いや、九年前だったかな」

「そうでしたか」

誠一の言葉に、少なからず隼世は落胆していた。なぜなら、入院中に世間話をしていて、彼が八王子の開業医の息子だと聞いた覚えがある。つまり、最低でも両親の再婚後、結衣は東京都内にいたということだ。

――待てよ。

「私は、幼いころ富良野で育ったんですが、先生は北海道に行かれたことは？」

賭けだった。

結衣の年齢を考えると、大学進学で東京を離れていたということもありえなくはない。

もし、その進学先が富良野だったならば――

「富良野ですか。奇遇ですね。実は、妹が富良野で育ったんです」

「それは、いつごろの話です？」

つとめて冷静を装うのは、あまり妹に興味を持っていることを知られては、誠一に警戒されるかもしれないからだ。特に、隼世は婚約者がいる身で、そんな男が妹に興味津々だと知って、気分のいい兄もいないだろう。

「いや、実はわりと最近までですね。両親は再婚したんですが、彼女はもともと母親と一緒に暮らしていなかったんです。だから、母方の実家がある富良野に住んでいて、今年になって東京へ来たんですよ」

「だったら、昨年私が富良野にいたときに、どこかで会っているかもしれません」

「えっ、東条さん、富良野にいたんですか？　昨年って……手術の前ってことですよね」

「ええ、実は手術を決断するまでしばらくの間、雲隠れしていたもので」

冗談めかして言ったものの、隼世の気持ちは逸《はや》っていた。

彼女が、富良野にいたという事実。

あの声は、間違いなく彼女だ。千原結衣だ。そういえば、結衣のイニシャルもY．Cではないか。重ねて、「妹さんは刺繍がお好きですか」と問いたいところだが、さすがに聞きすぎると疑われる。

――ああ、やっぱりきみだ。なぜ、名乗り出てくれなかった?

優しく、慈悲にあふれた女性。

記憶の中の彼女は、男性経験さえなかったというのに、隼世を慰めようとベッドをともにしてくれた。忘れようにも、忘れられない。彼の人生において、最初で最後の不実な夜になるはずだった、その日のことを。

ふっ、と記憶がつながる。

そう、彼はあのとき、彼女には恋人がいると思っていた。理由は、毎日夕暮れ時になると、決まって時間を気にして、急いで矢来の家を出ていったからだ。

恋人の待つ家に帰るのだろうと考えるたび、嫉妬に胸が焦げた。だから、彼女の優しさにつけこんで、恋人から奪ってやろうと思ったのだ。

交際しているわけでもない女性を、ベッドに誘う。しかも相手には、ほかに男がいるはずだった。隼世にすれば、言い繕えないほどに不実な行為だ。

――だが、そうじゃなかった。彼女は……そう、定時制の高校に通っていると言っていた。来年の春に卒業だと。

いっそう、辻褄が合う。卒業後、結衣が東京に出てきたのだとしたら、何も不自然なことではない。

ただ、隼世は彼女に「待っていてほしい」と言ったのだから、その約束は破られたことになるのだろうか。

「東条さん、どうかしました？　なんだかぼうっとして……」

「失礼、つい富良野での思い出に心を馳せてしまいました」

「思い出ですか。富良野、いいところらしいですね。僕は行ったことがないんです」

待っていてと言いながら、富良野へ戻ることなくほかの女と婚約した自分と。

待っていると言いながら、富良野を離れて東京に暮らし、隼世を見ても知らんぷりを続ける彼女と。

——何かがおかしい。パズルのピースはそろっているのに、うまくはまらない。気持ちが悪い。正しい場所に、物事が収まらないこの感覚はなんだ？

しかし、隼世が結衣に直接確認をするためには、越えるべきハードルが残っている。

——婚約は、解消しなければいけない。

翌日、彼は菅原の家に出向き、婚約解消を宣言した。

第三章　慾望の既成

〜東京〜


『——ほかに何もいらない』

富良野の洋館で、彼はそう言った。

あのとき、結衣はすべてを諦めようとしている隼世に、そんな悲しいことを言わないでほしいと懇願したのを覚えている。

けれど、結局自分も同じことを口に出した。由花子とティーラウンジで話した際、彼女が結衣に差し出そうとしたものは何もほしくなかった。

慣れ親しんだ孤独は、富良野にいても東京にいても、同じように結衣に寄り添ってくれる。だから、寂しくない。優しい人はたくさんいて、どんなにひとりぼっちだと思うときでも、誰かがいてくれる。

世界を拒絶することは、自分が世界に拒絶されているように感じることと似ていた。はじき出されたと思うせいで、優しい人の声が耳に届かなくなってしまうのだ。

結衣は、そうならないよう自分を必死に立て直し、毎日の仕事に精を出した。

十二月、東京の街はクリスマスカラーに染まる。少し余裕のできてきた預金をおろし、結衣は大切な人たちにクリスマスプレゼントを買った。

来年、恋人と結婚する予定だという兄には披露宴での写真を飾ってもらえるよう、ハワイアン雑貨の店で選んだ、フレーム部分がシェルでできたフォトスタンド。

それから『ラベンダー』の葉崎夫妻には、色違いのストールを。敏夫には濃いベージュ、善子には優しいアイボリー。ストールとはいうものの、ひざ掛けに使ってもいいし、女性なら腰に巻いても暖かいはずだ。

今の職場でお世話になっている勝義・花江夫妻にはオープンの日にスタッフ全員で撮った写真をメインに、『K』で撮影した写真を使った来年のカレンダーを注文してある。

そして、もうひとり。

渡せないとわかっているのに、隼世に似合いそうなカシミヤのマフラーを買った。一見黒と見紛うほどの深みのあるネイビーブルー。夜空のような色味は、見た瞬間に隼世にぴったりだと思った。

——無駄遣いしちゃった。

けれど、後悔はしていない。渡せないプレゼントは、クローゼットの上段にそっとしまってある。ときどき、着替えのときに見上げては、今日も彼が幸せでありますようにと願い、結衣は元気をもらっていた。

富良野の冬に比べれば、東京は外気が暖かい。その分、屋内の暖房器具がエアコンのみのため、自室にいると体の芯が冷える気がした。

由花子と約束をして以来、結衣は隼世になるべく近づかないよう自分を律している。

彼は『K』を気に入ってくれたのか、最近ちょくちょく店にやってきた。先日など、誠一が結衣を待っているときに偶然来店し、男ふたりでテーブルを囲み、談笑をしている様子だった。

忘れよう。忘れなければ。

最初こそ、そう思っていた結衣だったけれど、心に無理を強いることは逆に相手を強く意識することだと気づいて、それからは隼世をほかの客と同じに考える努力をしている。

努力が必要な時点で、まだ自然にそう振る舞うことはできていないけれど、極端に避けるのはやめた。

「千原さん」

その日も、夕方近くなって隼世は店に来ていた。急に声をかけられて、結衣は一瞬心臓が跳ね上がる気がしたけれど、平静を装って振り返る。

「はい」

スーツ姿の隼世は、長い脚を組んで窓際のカウンター席に座っていた。ちょうど、客の引いたタイミングだったので、急ぎのオーダーはない。結衣は、トレイを手にしたままで隼世の席へ近づく。

「コーヒーのおかわりをお持ちしますか？」

隼世は、今まで二杯目のコーヒーを飲んでいったことがない。けれど、ほかの客に呼びかけられれば、たいていのスタッフはおかわりの提案をする。『K』では、二杯目のコーヒーが半額サービスなのだ。

「いや、コーヒーは足りている。きみに話があるんだが、仕事が終わったあとで会えないだろうか」

これまでも、彼が何か話しかけたそうにしていることはあったけれど、こんなふうに直接誘われたのは初めてだった。

だから、なんと返事をしていいかわからなくなる。由花子との約束のことを考えれば、少しでも彼女を悲しませるような行動は取るべきではない。李下《りか》に冠《かんむり》を正さず、というではないか。

「ああ、失礼。急にこんなことを言われたら驚くのも無理はないな。城月先生にはたいへんお世話になったから、何かお礼をしたいと考えていたんだ」

「兄に、ですか」

誠一は、隼世の手術に際して助手を務めたと聞いている。ならば、彼が誠一にお礼をしたいと言うのは、別段おかしなことではない。

――だけど、手術が終わってずいぶん経っているのに、どうして今になって？

不思議に思ったのが、顔に出ていたのかもしれない。隼世が、「今さらだけど」と前置きした。

「術後は、ろくにお礼も言えないままだった。ちょうどクリスマスだから、何か城月先生に喜んでもらえるものを選びたいんだが、協力してもらえないか？」

話があるというのは、兄の好きなものを聞きたいという意味だったのだろう。

「……でしたら、きっと兄に直接尋ねていただいたほうがいいと思います。あまり兄の好みを知らないものですから」

嘘ではなかった。

そもそも、結衣と誠一は義理のきょうだいとはいっても、一緒に育ったわけでもないのだ。大人になって再会し、この半年ほど親しくしてもらっている。自分には、誠一の好みまではわからない。

「こういうのは、サプライズのほうがいいだろう？」

しかし、隼世は簡単に引き下がらなかった。

誠一に対して、何か特別感謝するような理由がある――というのも考えにくいが。

「今日は、何時まで?」

「え、あ、あの……」

「仕事の終わる時間だよ。何時に終わる?」

なかば強引に勤務時間を確認されて、結衣は「二十時です」と答えてしまった。

「じゃあ、そのころにまた来る。城月先生には内緒にしておいてくれ」

それだけ言うと、隼世はコーヒーの残りを飲み干して立ち上がる。

「待ってください。困ります」

彼の背に呼びかけるも、もう振り返ってもくれない。店内で、ほかのスタッフや客の目がある以上、あまりしつこく声をかけるのも気が引けた。

――どうしよう。店の外でふたりで会うなんて、やっぱりおかしい。

結衣が困惑しているうちに、会計を終えた隼世は店を出ていった。

勤務が終わるまで、あと二時間半。

隼世とふたりで過ごすのは、望ましいことではないと知っている。だが、なぜそう思うのだろうか。もし、単純に彼が自分のことを忘れているだけだった場合――つまり、由花子のことがなかった場合も、同じように感じるのか、考えてしまう。

そして、同時にあの日の由花子の悲痛な涙が脳裏に浮かんだ。

誰かを傷つけることは、したくない。

由花子は隼世を想っていて、隼世も由花子を大切にしたいと言っていた。誠一へのお礼の品の相談に乗るだけのことで、婚約までしているふたりの間に水を差すことにはならないと思うけれど、念には念を入れるべきだ。

――……由花子さんに、連絡をしよう。

誠一に同席してもらうことも考えたが、隼世は「城月先生には内緒にしておいてくれ」と言っていた。その上で、兄を呼びつけるのは意地が悪い。ならば、彼の婚約者に一緒に選んでもらえばいい。そう思ったのだ。

十分休憩のときに、結衣は由花子にSNSでメッセージを送った。二十時に、隼世が誠一へのお礼の品を選ぶ相談に来ると言っていたが、同席してもらいたい――という内容だ。すぐに既読がつき、「必ず伺います」と返信が来る。

これで安心だと思うのに、泣きたくなる自分が情けなかった。

彼らが仲睦まじく過ごす姿を近くで見ていなければいけない状況を、自分から招いてしまったのだから、泣きたくなるのも当然だった。

けれど、由花子と約束をしたのもまた自分だ。自分で決めたことを、自分で撤回したくはない。

――誠一お兄さんへの贈り物を選ぶだけとはいえ、由花子さんに誤解されるような行動は取らないようにしよう。それが、わたしのすべきことだから。

二十時前に、由花子が店にやってきた。それからすぐ、隼世も本日二度目の来店を果たし、彼は由花子を見たとたん、足を止めた。

彼は、表情をこわばらせる。

婚約者相手に、なぜそんな顔をするのだろう、と結衣は少しばかり不思議に思ったが、もしかしたら喧嘩中ということもあるのかもしれない。喧嘩するほど仲がよいとは、昔からよく聞く言い回しだ。

「隼世さん、こちらです」

小さな声で呼びかける婚約者に、隼世はため息をひとつこぼしてから歩き出す。

「なぜ、萱原さんがここに？」

硬い声に、いつもとは違う呼び方。

何かがおかしい気はしたけれど、ふたりのことに結衣が口出しするべきではない。

「そんな他人行儀な呼び方はやめてください。なんだか、とても悲しくなります……」

「失礼。だが、あの件についてはあなたのお父上とも話し合ったはずだ」

「いいえ、わたしは納得していません。こういうことは、当人同士がお互いにきちんと話し合って決めるべきだと思うんです」

そんな会話が聞こえたが、結衣は会計を済ませた客を見送るとバックヤードへ向かった。

タイムカードを押して、制服を脱ぐ。

――由花子さん、かわいいコートを着てた。

フェミニンなピンクベージュのコートは、女性らしい由花子だから似合うものだ。富良野にいたころから愛用している、シンプルな紺色のコートに腕を通して、結衣はいつものデイパックを肩にかける。

自転車には乗らなくなったけれど、動きやすい格好がいちばんだ。いつもはそう思っていても、隼世と由花子と並んで歩くことを考えると、自分の野暮ったさが恥ずかしい。

とはいえ、ふたりを待たせるわけにもいかず、結衣は店内へ戻る。

丸いテーブルを間に、隼世と由花子が向き合って座っていた。偶然にも、先日誠一と隼世が座っていたのと同じ席だ。

「お待たせしてすみません」

声をかけると、不愉快そうな隼世がぎろりとこちらを睨みつける。

――え……？

思わず、体がすくんだ。

こんな表情を見るのは、由花子を巻き添えに倒れて、病院に運ばれたとき以来だった。

「千原さんが、彼女を呼んだと聞いたが、どういう理由か教えてくれないか？」

隼世は、前置きなしにそう尋ねる。

「それは、その……」

「俺は、きみに頼んだのであって、萱原さんに頼んだわけじゃない。それはわかっているんだろう?」

だが、婚約者のいる男性とふたりで出かけるというのは、いろいろと問題のある行動だ。特に、由花子と結衣には彼に秘密にしている事情もある。

「……萱原さんなんて、そんな他人行儀な呼び方をしないでください……」

ぽろり、と由花子の目から涙がこぼれた。白い頬を伝う透明の涙に、隼世は目もくれない。

「だったら、こんなくだらないやり方は控えていただきたい。俺はあなたに、きちんと話したつもりだ。筋は通した」

決して激昂《げきこう》しているわけではないのだが、隼世の冷たい口調は由花子だけではなく結衣にも緊張感を強いる。

「今日は帰ってください。俺は千原さんに用がある」

「嫌です。わたし、隼世さんと一緒に……」

「あ、あの、東条さんっ」

由花子を呼んだのは、結衣だ。ならば、彼がなぜ怒っているのかは別として、その怒りを由花子に向けられるのは理不尽というもの。

「今日は、わたしが帰ります。どうかおふたりでじっくりお話を――」

「意味がわからない」

結衣の言葉に、あえて声をかぶせるようにして、隼世が冷たく言い放った。

「……わかりました。だったら、結衣さんと帰ります……っ」

カタン、と音を立てて、由花子が椅子から立ち上がる。すぐに彼女は結衣の腕にしがみついてきた。

「由花子さん……?」

「一緒に……帰ってください。こんな状態で、ひとりにしないで……」

しゃくりあげる彼女を、ひとりで帰らせるのは結衣としても心が重い。きっと、今日も近場にリムジンを待たせているのだろう。そこまで送るくらいすべきだ。

――事情はわからないけれど、この事態を引き起こしたのはわたしだもの。

「すみません、東条さん。これで失礼します」

会釈をして、結衣は店を出た。隼世を残し、由花子とふたりで。

ひどくおかしな状況だ。ふたりの間に何かあったのだろうか。

店を出てもなお、由花子は結衣の腕にきつくしがみつき、うつむいたままハンカチで目元を覆っている。

「由花子さん、ご迷惑をおかけして……ごめんなさい」

「……そうよ。結衣さんが悪いんですから」

低い声が聞こえてきて、思わず足を止めそうになった。

――え、今の声、由花子さん……？

「結衣さんが邪魔するせいで、全部うまくいかないんです……っ。どうして、わたしの知らないところで隼世さんと約束なんてしたんですか？　どうして、ちゃんと断ってくれなかったんですか？　どうして……っ」

顔を上げた由花子は、いつもの愛らしい令嬢とは様相が違っていた。目をきつくつりあげ、汚いものでも見るように結衣を睨みつける。右腕に、きつく由花子の爪が食い込んだ。

「あなたのせい、全部全部、あなたが悪いんだわ！　どうしてくれるのよ。婚約披露パーティーを取りやめるとまで言われたのよ！」

「そんな……」

結衣は、約束を守ってきたつもりだ。

隼世に自分から近づくこともしなかったし、ほかの客と同様に扱ってきた。まして、自分が富良野で彼と過ごした人間だということを明かした覚えもない。

それなのに、なぜ隼世は由花子との婚約を取りやめようとしているのだろうか。

「絶対許さない。わたし、隼世さんと結婚するってもうみんなに言っちゃったんだから」

「痛っ……、由花子さん、爪が……」

コートの上からでも、ジェルネイルで硬度を増した爪は威力がある。

「あなたなんて、富良野に帰ればいいんだわ！」

そう言うと、由花子は結衣を突き飛ばして駆け出した。後ろによろけ、尻餅をつく。冷たいアスファルトを手のひらに感じて、結衣は立ち上がることもできなかった。

——何か、間違っていたのかな。由花子さんをあんなふうに泣かせてしまうなんて……

願ったのは、隼世の幸せだった。そのはずだった。彼の幸せな未来のためには、自分ではなく由花子が隣にいることが正しいのだと、そう信じて心を殺してきた。

けれど。

こうなってしまったのは、やはり自分が間違えたのだろう。どの段階で、どのボタンをかけ違えたのかはわからない。誰かを傷つけるつもりなどなかったと今さら言っても、由花子はすでに傷ついている。

「——だいじょうぶか？」

頭上から声が聞こえて、結衣はパッと顔を上げた。

「……東条、さん」

十二月の空から、雨が降ってくる。

雪になるほどの冷え込みはなく、けれど冬の雨は冷たい。アスファルトに、ぽつりぽつりと落ちはじめた雨は、急激に雨脚を強めた。

「ここにいたら風邪を引く」

早く帰れと言われたのだと思い、結衣は立ち上がろうとした。しかし、腕に力を入れた瞬間、由花子につかまれた部分がズキッと痛んだ。

「っ……」

「もしかして、脚をくじいたのか？」

「いいえ、そうじゃありま――あっ、な、何を……っ」

返事をするよりも先に、隼世が結衣の体を抱き上げる。突如目線が高くなり、結衣は恐怖に体をこわばらせた。

「そんなに怯えないでくれ。俺は――」

雨音にかき消されて、彼がなんと言ったのかは聞こえない。

「おろしてください……」

結衣の声も、もしかしたら同様に彼の耳に届いていなかったのだろうか。

隼世は、何も言わずに結衣を抱いたままで大通りまで歩き、タクシーを拾うと強引に彼女を後部座席に押し込んだ。

次いで、逃がさないとばかりに自分も助手席のうしろに乗り込んでくる。

「TJコンチネンタルホテル東京まで」

「と、東条さん……っ!?」

行き先を聞いて、結衣は目を瞠った。

「きみは怪我をしているんだろう？　俺の部屋で手当てをしてから帰りなさい。何かあったら、城月先生に申し訳が立たない」

有無を言わせぬ口調で、隼世が命じる。誠一の名前を出されては、反論のしようがない。タクシーが走りはじめると、隼世は腕組みをして目を伏せた。彼は何も言わない。結衣も何も言えずに、爪痕が残っているだろう右腕を左手でぎゅっとつかんでいた。

――東条さんといる日は、雨の夜が多い。

あの富良野での出来事を思い出すと、雨音が聞こえてくる。夜の雨は、優しく街を濡らしていった。


都庁のほど近くにあるＴＪコンチネンタルホテル東京の最上階に案内され、結衣はカチンコチンに緊張している。

無理もないだろう。

いかにも上流階級の人間のために作られたと言わんばかりのラグジュアリーなホテルに、どこからどう見ても庶民の自分がいるのだ。

しかも、彼女を連れてきたのはこのホテルのグループ会社のＣＥＯ兼社長である。これで緊張しないほうが珍しい。

最上階は、ペントハウスと呼ばれる特別な客室がある。ホテルに詳しくない結衣がそれを理解できたのは、最上階への直通エレベーターが用意されていたためだ。

「……広い……ですね……」

高い天井と、その天井までガラス張りになった大きな窓。一面の夜景は、雨が降っていても叙情を感じさせる。

──このフロアだけで、わたしのアパートのお部屋が十個くらい入るんじゃない……？十部屋分はなくとも、少なく見積もって五部屋分はありそうだ。

エレベーターをおりたところは、すぐにリビング。ドアはない。なぜなら、このフロアにはペントハウスの宿泊客か、従業員しか来ないのである。

ホテルに連れてこられると知ったときには、何をされるのかと不安に思わなくもなかったが、聞けばここは隼世が住んでいる部屋だという。

「住んでるって、ご自宅はないんですか？」

「ない。実家はあるが、そこにはほとんど帰らないから、ここが住まいだ」

では、たとえば彼あての手紙はこのホテルに届くのだろうか。そんなことを考えて、結衣は少し不思議な気持ちになった。

何より、かつては個人的なことを聞いてはいけないと言われ、名前すら教えてもらえなかった相手だというのに、今では質問すればきちんと答えてくれる。

――富良野にいたときとは、もう違う。

今の関係を悔いるべきか、喜ぶべきか。

そんなことを考えていると、「ソファに座って」と応接セットを指さされた。

言われたとおりソファに腰を下ろすと、コートを軽くたたんで膝に置く。白いニットのチュニックに、ぽつぽつと赤黒いシミが浮かんでいた。

「……怪我をしたのは、脚かと思っていたんだが」

ペントハウスには、救急箱まであるのだろうか。隼世が救急箱を手に、結衣の腕に目を向ける。

「たいしたことないです。ほんとうに、気にしないでください」

「いいから、袖をまくって」

「……はい」

ソファに座った結衣の足元に、彼が膝をつく。袖口を肘までまくると、前腕の内側に一センチほどの傷が四つ並んでいた。

どれも傷口は小さく、出血も多くない。深い傷でもないだろう。

「消毒するから、少ししみるかもしれない」

「自分でやれます」

「駄目だ。きみは右利きだろう」

隼世の言葉に、言われてみれば利き腕の手当てはしにくいと気づいた。

大きな手が、静かに結衣の手首に触れる。ちょうど、脈を測るあたりのやわらかな皮膚に、彼の体温が感じられた。

——なんだか、くすぐったいな。

この手を握り、散歩をしたのが夢のように思えてくる。もうずいぶん昔のことだ。

「転んだだけで、どうしてこんな奇妙な怪我をするんだ。きみは器用なのか。それとも不器用なのか」

「えっ、ち、違います。転んだときじゃなくて……」

言いかけて、口をつぐむ。

由花子の爪が食い込んだのだと言えば、彼女に対する隼世の態度が硬化しかねない。

「だったら、いつ怪我したんだ」

「……たぶん、やっぱり転んだときかもしれません」

曖昧な返事ではあったが、隼世はそれ以上追及しなかった。出血がおさまっているので、あとは自然に任せたほうがいい、と彼は言う。

「ありがとうございます。お部屋までお邪魔してしまい、すみませんでした」

用事が済んだなら、あとは帰るだけ。

結衣は、コートとデイパックを手に立ち上がろうとする。

しかし。

「……あ、あの……東条さん……」

結衣の左肩に手を置いて、正面に隼世が立ちふさがった。

「単刀直入に尋ねる。このハンカチに見覚えは？」

彼の左手には、白いハンカチ。それは、先日由花子が涙を拭いていたものにほかならない。ひいては、かつて結衣がイニシャルを刺繍したものだ。

「由花子さんのハンカチ、ですよね」

「違う。彼女のものじゃない」

どくん、と大きく鼓動が響く。

隼世にとって、富良野で一緒に過ごした女性は由花子のはず。だとしたら、そのハンカチは由花子のものと認識しているのではないだろうか。

――どうして、違うなんて……

「千原結衣。きみのイニシャルは、Y．Cだ」

「そうです。偶然ですけど、由花子さんと同じなんです」

「彼女のことは、今はどうでもいいと言っている！」

低い声に、体がびくっと震えた。

絶対に、知られるわけにはいかないのだ。もし自分がそのハンカチの持ち主だと認めれば、由花子の嘘が露見する。

——もう、これ以上由花子さんが傷つくのは見たくない。それに、東条さんだって……

「これは……きみのものだろう？」

「違います」

「きみは、富良野の出身だと城月先生から聞いている。住んでいた町は、俺の祖母の屋敷がある町だった」

「……偶然、です」

目をそらした結衣に、隼世が顔を近づけてきた。

「俺の目を見て答えてくれ。千原さん。千原結衣さん、きみはあの町で俺と過ごした女性だ。そうだろう？」

黒い瞳に、結衣が映し出されている。怯えて、今にも逃げ出したいと言わんばかりの表情の自分。

——だけど、東条さんはあのころのわたしの顔を見ていない。証拠はないんだ。

「ごめんなさい。何をおっしゃってるのかわかりません。東条さんと由花子さんは、富良野で出会ったんですよね」

「そう。そういうことになっていた」

彼はハンカチをぎゅっと握りしめ、結衣の肩を強くつかむ。

「——だけど、違うんだ。彼女じゃない。俺が探していたのは……」

顔を背ける間さえなく、隼世が唐突に結衣の唇をふさいだ。

「んっ……！」

両腕で、ドンと彼の胸を押し返す。しかし、逞しい隼世をその程度で押しのけることなどできはしなくて。

「ん、んっ……んーっ！」

顔を背けようにも、深く侵入してきた舌が結衣をとらえて離さない。息もできずに、ただ彼に貪られる唇がせつなくて、苦しくて、胸が壊れてしまいそうな痛みに襲われる。

——どうしてこんなことをするの？　あなたは知らないはずなのに。わたしのことなんて、覚えていないはずなのに……！

彼の記憶の中の結衣は、すべて由花子に塗り替えられている。ずっとそう思ってきた。だから、由花子が富良野でのことを隼世に言わないでほしいと懇願してきたときも、それを受け入れた。

ふたりが、幸せになることを信じていた。

「やっぱり、間違いない。俺はきみの唇を知っている。目が見えなかった分、あの日抱いた彼女を俺の体が覚えている」

「や……やめて、やめてくださ……っ」

強引にソファに押し倒され、床にハンカチが落ちる。脚の間に、隼世の膝が割り込んできて、ぐいと敏感な部分にこすりつけられた。

こんなときに、ショートパンツを着ている自分が恨めしい。内腿に直接感じる隼世の体温が、生々しすぎるのだ。

「俺は、きみのことを見えていなかった。だけど、きみには見えていただろう。俺がわかっていたんだろう？　なのに、なぜ言ってくれなかったんだ？」

「知りません……っ！　わたし、あなたのことなんて、知らない……！」

「嘘つきな唇だ。知らないと言うなら、ほんとうのことを教えてくれるまで、何度だってきみを――」

重なりかけた唇から、結衣は必死で逃げを打つ。顔を左右に揺らし、隼世の唇を避けた。

「やめて、やめてください。こんなこと、おかしいですっ」

「嘘つきなきみのほうがおかしい。そうだろう、結衣」

初めて、彼に名前で呼びかけられた。イニシャルを確認するためではなく、彼が自分を結衣というひとりの女性だと認識した上で、呼びかけてきたのだ。

「や……や、だ……」

もう、逃げられない――

知らないふりをしようとしても、心は彼を思い出して悲鳴をあげている。

あの日、あの夜、隼世に抱かれたときの重くせつない痛みを忘れるなんてできやしない。

「結衣、結衣……」

逃げ切れない唇を、隼世が激しく貪った。

繰り返されるキスに、次第に呼吸が浅く短くなっていく。色素の薄い結衣の唇は、何度も吸われて腫れたように色を濃くした。

「もう間違えたりしない。やっぱりこの声だ。この手だ。この唇だ。俺の知っている『彼女』は——」

体が覚えている、と彼は言った。

そのとおり、どんなに嘘を重ねたところで記憶された感覚を偽ることはできない。まして、結衣にはあの日の隼世とのたった一度の経験しかないのだ。彼の知らない女を演じるだけの度量など、持ち合わせているはずもなく。

服をめくり上げられ、素肌があらわになった。ショートパンツのベルトがはずされ、膝まで引き下ろされる。

「お願い……お願いだから、やめてくださ……」

明るい部屋で、しかもベッドではない場所で服を脱がされていることが恥ずかしくてたまらない。けれど、隼世は結衣の懇願など聞き入れる気はないらしく、ブラジャーの上から乳房を頬張る。

体を左右によじって抵抗すると、その隙をついて浮いた背に彼の手が回った。音もなく、ブラジャーのホックがはずされる。

「っっ……！　や、あっ……」

それまで胸の膨らみをぴったりと覆っていたものが緩み、間髪を容れずにブラジャーが引き剝がされた。

「み……見ないで……っ」

あのときは、部屋が暗かった。それに、彼の目もほとんど見えない状態だった。だから、こんなに至近距離で肌を見られるのは初めてなのだ。

「嫌だ。――きみは知らないと言い張るようだから説明しておくが、俺はとある事故のせいで目の見えない生活をしていた。手術で視力を取り戻してわかったことは、この世には絶対に見たいものがあるということだ。俺は、きみの体を見たい。見たくて仕方がない」

一方的な言い分。しかし、彼が見えない日常で苦しんでいたことを知っている結衣には、それ以上の抵抗もできない。

両手首をつかまれ、ソファのアームレスト部分に押しつけられる。腕を頭上に上げられたことで、いっそう胸の膨らみが強調された。

「ああ……っ」

右手一本で結衣の両腕の自由を奪った隼世が、自由な左手で乳房をそっと撫でる。丸く形良い輪郭を指でたどり、裾野から持ち上げては膨らみを揺らした。

「こんなにかわいらしい胸をしていたんだな。あの夜、きみは初めてだった。俺だけにこの体を許してくれたこと、忘れられないよ」

「〜〜〜っっ、そ、そんなこと、わたし……」

「知らない？　だったら、思い出せるまで何度でも感じさせてやる。俺は忘れない。絶対に、だ」

ぐいと乳房をつかまれ、色づいた部分を舌先が這う。くるり、くるりとゆっくり円周をたしかめられて、次第に中心が屹立してきた。触れられていないのに、その部分がせつなく疼きはじめる。

「っ……ん、ぁ……っ」

何度も舐められるせいで、唾液に濡れてテラテラと淫靡さを増す自分の体。時折、彼の吐息が胸の先端をかすめ、結衣はびくっと体を震わせた。

「んんっ……、ふ……あっ」

「周りを舐めただけなのに、乳首がいやらしく凝ってきた。ここを舐めてほしい？」

こんなことを、受け入れてはいけない。

わかっているのに、心の欲するものを言い当てられて、結衣はかあっと頬を赤らめる。

「……っ、そ、んなこと……」

「ああ、きみの唇は嘘ばかりつくんだったたな。つまり、舐めてほしくないというなら、本音は舐めてほしいのか」

「や……、ち、違っ……ああっ！」

焦らされた体に、甘い快楽の蜜を垂らすように、隼世が舌全体を使ってねっとりと乳首を舐め上げた。

腰から背骨を伝い、耳裏まで広がる痺れに体が痙攣《けいれん》するのを止められない。

「感じやすいところもかわいいよ。もっときみを――」

ぴちゃぴちゃと音を立てて、彼の舌が乳首を重点的にあやす。色白の肌が、しっとりと汗ばんだ。

「かわいい、結衣……。きみがかわいすぎて、おかしくなりそうだ」

「も……やめ……」

「ほんとうにやめてほしいなら、いつだってやめる。きみが、認めればいい。去年、富良野で俺のそばにいてくれたのはきみだと」

自分に危機が迫っているからといって、約束を違《たが》えるわけにはいかない。

――だけど、それは言い訳なのかな。わたしは、東条さんに触れられているのが、今にも死にそうなくらいせつないのに、泣きたくなるほど幸せなんだから……

「なかなか強情だ。いいさ、時間はいくらでもある」

隼世がソファの上で体勢を整え、胸から唇へとターゲットを変更した。

「……っんん……」

深く彼の舌を受け入れ、口を閉じることもできない。中途半端に脱がされていたショートパンツが、いつの間にかソファの脇に放り出されている。

「ここも熱くなってきているな」

下着越しに、脚の間に何かがこすりつけられた。先ほど、膝を割り込まれたのはわかっている。だが、それとは違う感触だ。硬いのに弾力があって、ひどく脈を打つそれは――

「やっ……やだ、あっ、ああ！」

ベルトを緩め、ファスナーを下ろしただけの格好で、昂るものを取り出した隼世が、結衣の秘めた部分を前後にこする。

「布越しでも、きみが濡れているのがわかるよ、結衣」

「っっ、ひ、ぅ……ん、んーっ！」

再度のキスで唇を奪われ、内腿で彼の腰を必死に締めつけた。動かれるたび、体の奥深くから甘いものがこみ上げてくる。隘路を伝う蜜の感触に、結衣はか細い声をあげた。

感じてはいけないと、頭ではわかっている。けれど、体は彼をもっと感じたいとばかりに、しとどに濡れていく。

雄槍が、だんだんと動きをなめらかにするのは、下着を濡らす蜜のせい――

「結衣、結衣……」

かすれた声で名前を呼ばれ、耳朶《じだ》を甘噛みされる。首筋がビリビリと痺れるような感覚に溺れていると、大きな手が真上から乳房を撫でた。

「ああっ……あ、駄目、気持ちぃ……っ」

涙目になりながら、もう快楽をごまかせない。きみの声を聞かせてくれ」

「もっと気持ちよくなってごらん。きみの声を聞かせてくれ」

手のひらで乳首を軽く押しつぶしたまま、彼が幾度も胸を撫でる。くびりだされたように屹立した先端は、根元から転がされ、意思に反して腰が浮いた。

「やだ、駄目です……っ、駄目、もうこれ以上、感じさせないで……っ」

「嫌だよ。もっと感じさせて、きみが素直になるまでやめない。結衣、あの日も雨が降っていただろう。この部屋は雨音が聞こえないけれど、俺は覚えてる。雨の音にまぎれる、きみの甘い声を」

熱い舌が、首筋をねっとりと舐め上げる。

結衣は目を見開き、喉を震わせた。

いつしか、両手の拘束はなくなっていた。隼世は、右手で結衣の頭を撫でる。

「ひとつ、教えてほしい。きみは――俺以外の誰かに抱かれたのか？」

「っ……しら、なぃ……っ」

その質問は、結衣が過去に隼世に抱かれたことを前提にしていた。はいといいえ、どちらに答えたところで富良野での関係を認めることになる。

「そうか。だったら聞き方を変える。何度、男に抱かれた経験がある？」

乳首を指でつままれ、ピンと引っ張られた。

「やっ……い、痛っ……」

「言うんだ。結衣、きみは何回セックスをしたことがあるか、俺に教えて」

それでも答えずにいると、隼世は首筋に軽く歯を立てる。

「〜〜〜っっ、ぃ、や、あ、あっ」

背がしなり、ソファから浮いた。けれど、彼はやめてくれない。乳房の形が変わるほど引っ張った先端を、指腹でこすり合わせては、何度も何度も腰を揺らす。

「ひっ、ぅ、う、やめて、やめて……っ」

「答えなさい。何度、セックスしたんだ。相手までは尋ねないから、回数だけでいいから」

「っ、かい……一回、だけぇ……」

ああ、と彼がため息とも感嘆ともとれない声を漏らした。

「そうか、一回だけか。すまない、痛かったか？」

きつくつままれて引っ張られた部分が、もう一方に比べて赤くなっている。隼世はそこに唇を寄せると、ちろちろと舌先で舐めた。

「少し……だけ、でも、そんなに……んっ……」

「痛い思いをさせた分、慰めさせてくれ。こんなに赤くなって、まるでひどく感じているみたいじゃないか」

口元に薄く笑みを浮かべた隼世が、上目遣いに結衣を見上げる。

そして、次の瞬間。

彼は、乳暈ごと結衣の感じやすい部分を口に含んだ。

「ああ、あっ、んぅ……！」

強い刺激のあとの、やわらかな粘膜の感触。あたたかく濡れた口腔で包まれて、結衣ははしたない嬌声に喘いだ。

「やだ、吸わないで……っ、吸うの、駄目ぇ……っ」

すでに、下着はぐっしょりと濡れている。そればかりか、割れ目を縦にこする隼世のものまで濡らすほど、体が彼を欲していた。

ちゅ、ちゅうっと音を立てて胸を吸われるたび、全身が震えるのをこらえられない。

——もう駄目、おかしくなっちゃう。こんなに気持ちいいの、耐えられない……！

「結衣、気持ちいい？」

舌で先端をいじりながら問いかけてくる隼世に、何も言えずに二度三度と首を縦に振る。

ジンジンとせつなさを増す体が、苦しくてたまらない。

「ちゃんと言ってごらん。気持ちいいって」

「い……っ、いい、気持ち、いい……っ」

「っ……、たまらないな」

顔を上げた隼世は上半身を起こし、ソファの上に膝立ちになるとワイシャツを脱ぎ捨てる。あらわになった美しい筋肉に、結衣は涙目で見とれた。

「俺も、気持ちいいよ。ほら、こんなに」

結衣の柔肉を下着越しにこすっていたものが、臍につきそうなほど反り返っている。先端には、ぷっくりと透明な雫が浮かんでいた。

彼は避妊具を取り出すと、脈の浮いたものをぴっちりと覆う。反射的に、結衣はソファの上にずり上がった。

「だ、駄目……！　待ってください。それは駄目ですっ」

それを装着するというのは、彼が結衣の中に挿入をしようとしているにほかならない。

アームレストに腰があたり、それよりうしろへは逃げられないと悟ったとき、彼が結衣に覆いかぶさってきた。

「心配しなくても、そう簡単に挿れてなんかやらないさ。だから、俺がほしかったら早く認めるんだ。きみは、富良野で――」

「違う、違います……っ。もう、お願いですから、これでやめてください」

　バタバタと脚を動かして暴れる結衣を押さえつけ、隼世の手が器用に下着を引き下ろす。膝に留まる下着のせいで、脚の自由が奪われた。だが、この格好ならば隼世も腰を密着させることはできない。そう思ったのが甘かった。

「きゃあっ！」

　ソファに腰が沈み、両脚が持ち上げられたのを感じる。膝が胸につくほど深く曲げられ、腿裏を彼に向けるような格好になったところに、隼世が体重をかけてきた。

「ああ、すごいな。こんなに濡らしていたなんて」

　ぬちゅ、と彼のものが結衣の間を割る。柔肉に挟み込まれた彼は、先端をぴくりと震わせた。

「ゃ……あ、ぁ……っ」

　蜜口を抉《えぐ》るように亀頭を引っ掛け、けれど挿入するのではなくなぞるばかりの楔に、あえかな水音が奏でられる。

「やだ、やぁ……んっ」

　それを突き入れられたときの衝撃を、結衣の隘路は覚えていた。みっしりと内側から圧迫される、あのせつなさ。濡襞を引き伸ばされ、この上ないほどに体を押し開かれる痛痒《つうよう》。

　そして。

　どうしようもないほどに、心を彼で満たされる、あの悦びを――

「結衣、わかるだろう？　俺がこするたび、きみの入り口がいやらしくひくついてる。ほんとうは、俺がほしい？」

「違う……違うの……」

「素直になってごらん。俺は、きみの中に入りたいよ。今すぐ、思い切り突き上げて結衣を犯したい……っ」

張り詰めた亀頭は、避妊具を着けてなお深い段差を感じさせる。それを花芽にこすりつけられて、結衣は声にならない悲鳴をあげた。

「っっ……、ひ……っ」

「ああ、またあふれてきたな。結衣は、こんなふうに無理やりされるほうが感じるのか？」

――違う。わたしは、そんな……

けれど、どう言い繕ったところで彼の愛撫に、歓喜の涙をこぼす蜜口は隠せない。内腿をぐっしょりと濡らし、彼の劣情の熱に打ち震える体が、今にも達してしまいそうなほど追い立てられている。

空白の隘路が、まるで彼を咥えこんでいるようにヒクヒクと蠢いていた。何かを食いしめたいと訴え、粘膜が絶え間なく収斂《しゅうれん》する。そのたび、腰の奥深くから湧き出た蜜が、狭《きょう》隘《あい》な淫路を伝いあふれてしまうのだ。

「も……許して……お願……ぁ、あぁ……っ!?」

にちゅ、と体の内側から音がする。

だが、蜜口に入り込んできたのは隼世のものより、もっと細い何かだ。

「まだだ。言っただろう。時間ならいくらでもある」

「ぁ……、あぁ、嘘……っ」

信じられない思いで、そこに目をやれば——彼が左手の中指と薬指を、結衣の中に突き立てているではないか。

「やめ……っ……んんっ！」

「そんなに言うほど、まだ深くは入れてない。第一関節まで、か」

「駄目……っ、東条さ……もぉ……」

「諦めるんだ。俺は、真実を知りたい。いや、きみにほんとうのことを言ってもらいたいのだから」

内腿が小刻みに震える。ゆっくりと、彼の指が奥へ進んでくるのがわかっていて、それを拒む術がない。

「狭いな……」

第二関節まで埋め込んだところで、隼世が心配そうに結衣の表情を確認する。ぎゅっと目を閉じて顔を背けた結衣は、痛みではなく快楽に耐えていた。

「結衣、つらいか？」

「っ……も、抜いて……くださ……」

「あのときは、最後までしなかったな。きみがあまりに華奢で、つらそうで、あれ以上できなかった」

指を埋めたままで、隼世が乳首にキスをする。何度もいじられて敏感になったそこは、軽く唇が触れるだけで全身に甘い悦びの波紋を広げた。

「ひ……っ、あ、あっ、やだ、中いじりながら、そこ……っ」

「このほうが、少しは楽なはずだ。もっと奥まで、ん……」

ちゅ、ちゅっと音を立てて先端を吸いながら、彼の指が粘膜を押し広げる。一度途中まで戻り、また進み、不規則な蜜音が次第にリズムを刻んでいく。

「やっ……あ、あっ、ああ！」

「そんなに締めて、俺の指を食いちぎるつもりか？　かわいいな、結衣」

はしたなくあふれる蜜を、何度も何度も塗り込めるようにして、隼世が内部を抉った。ぐり、と上部をこねられて、壊れたように腰が上下に揺れる。

「ん、んっ……！　も、もぉ、ほんとに、駄目ぇ……っ！」

耳鳴りが止まらない。

唇からこぼれる嬌声が、脳内で反響する。

隼世の指の動きに、全神経が集中していくのがわかった。

「ああ、そうだな。もう駄目だな。このままじゃ、すぐに達してしまうだろう？　だから、素直になれ。結衣、言うんだ。富良野で、俺のそばにいたのは誰だ？」

「んぅ……っ……」

それでもまだ、結衣は耐え抜いた。

ぎちぎちと彼の指を締めつけ、泣き声をあげてなお、首を横に振る。

知らない。言えない。約束は破れない。

今にも果ててしまいそうな快楽の中、唐突に彼の指が引き抜かれる。

「っあ……！　や、どうして……」

あと少しだったのに、と無意識に思った自分が信じられない。

――こんなの、最後までしていなくたって由花子さんへの裏切りでしかないのに。

浅い呼吸に喘ぎながら、右腕で目元を隠す。

涙がこぼれるのを見られたくなかった。自分が情けなくて、みじめで、恥ずかしくて
――それなのに、今でも隼世を好きなのだと痛感させられる。

「イカせない。だけどやめてやらない」

蜜に濡れた指を舐め、隼世がまたも結衣にのしかかってきた。

「や……っ、もうやめて……」

「何度も同じことを言わせるな。俺は知りたいだけだ。そうでなければ、自分が許せない」

繰り返される愛戯と、果ての手前で止められる快楽に、何も考えられなくなっていく。

その状態で、一時間以上が経過した。

声はかすれ、喉がヒリヒリと痛い。

それでも胸の痛みに比べれば、そのくらいなんてことなかった。

「——強情すぎて、憎らしいほど愛しいよ」

もう抵抗もできない結衣の脚を左右に大きく広げると、隼世は狙いを定めて腰を押しつけてくる。

「！　っ、あ、あっ……」

濡れに濡れた蜜口に、男の切っ先が密着していた。

「こんなに感じて、いやらしく腫れているのに、ほしくないいなんて言わせない」

「……っ、だっ……ん、ん……」

——駄目じゃない。ほんとうは、もうほしくておかしくなりそうだった。このまま、わたしが何もしなければ、東条さんとつながれる。東条さんを感じられる……

それは、わずかに先端が内側へめり込んだときだった。

テーブルに置いてあった、隼世のスマートフォンから大音量の音楽が鳴り響く。

びくっと肩が震え、結衣は我に返った。

「気にするな。今は電話なんてどうでもいい。俺は——」

おまえがほしい、と慾望にかすれた声が鼓膜を震わせる。

だが、着信はいつまで経っても切れることなく、音楽は鳴り続けて。

「……くそっ」

彼もまた、現実に立ち返ったのだろう。

ソファから立ち上がると、大股にテーブルへと歩いていく。その背中を見つめて、結衣はのろのろと起き上がった。

床に散らばる衣服を、力の入らない手で拾い集める。下着なんて着けなくたってかまわない。チュニックを頭からかぶり、ショートパンツに足を入れて――

「どういうつもりだ」

スマートフォンの電源を切ったらしい隼世が、結衣を睨みつける。

「帰ります。長居をしてすみませんでした」

「駄目だと言っただろ！」

「いいえ」

濡れた体が、今はむなしい。

コートを羽織ったものの、ボタンを留めることさえままならず、結衣は小さく頭《かぶり》を振る。

涙のこぼれそうな瞳で、彼女は必死に微笑んだ。泣き笑いのような、滑稽な顔をしているだろう。

「東条さんには、婚約者がいるんですよ。それなのに、こんなことをしていいはずがありません。お願いですから――由花子さんを悲しませないでください」

「……っ」

腰がだるい。膝が抜ける。頭はぼうっとして、全身が重く鈍い。

早くアパートへ帰って、シャワーを浴びてベッドにもぐりこみたかった。何かを考えることなんて、到底できそうにない。だから、眠りに救いを求める。

夢の中なら、誰に詫びる必要もないだろう。

そこでだけ、結衣は隼世を堂々と好きでいられるのだから。

エレベーターに乗り込む結衣に、彼は背を向けて立っていた。きつく握りしめた手が震えている。

挨拶をすべきかと思ったけれど、言葉が見つからない。

結衣は、何も言えず。

隼世も、何も言わず。

エレベーターの扉が閉まると、ふたりの距離は一瞬で遠ざかった。


♪°.+.o.+°♪°.+.o.+°♪

「くそっ……！」

頭から冷水のシャワーを浴びながら、隼世は壁に拳を叩きつける。

怒りの矛先は、自身に向けられていた。

あの日、手術が終わって一般病棟へ移動になった日――

なぜ、目の前に現れた由花子のことを、富良野でともに過ごした女性だと勘違いしてしまったのだろうか。たしかに、声は少し似ている。髪の長さこそ違えど、背格好も似て見えた。いや、正しくは彼女と過ごした日々の隼世の視力では、おおよそ輪郭くらいしか見えていなかったのだが。

――あの過ちのせいで、ほんとうの『彼女』を失いそうになっているというのに、俺は結衣を説得することさえできない。

由花子が嘘をついたことに対しては、たしかに不愉快ではあるけれど、原因が自分の問いかけだったのだから仕方ないと思うところもある。

術後、見えることにまだ馴染めない中で、隼世には彼女のハンカチだけが頼りだった。早く回復し、彼女のもとへ行きたい。富良野行きの飛行機に飛び乗って、あの優しい女性を迎えに行きたい。

そんな気持ちが逸りすぎて、まったくの別人を彼女だと勘違いした。

すぐに気づけばいいものを、トントン拍子に進んでいく婚約話に歯止めをかけることもできずにいた。

さらには、違和感を無理に押し殺して目の前の由花子ではなく、思い出の中の『彼女』にばかり目を向けた。

——あのとき、勘違いをしなければ、きっと退院後すぐに富良野へ飛んだ。そして、ほんとうの『彼女』に会えたはずだった。

結局、彼の怒りは自分に向けるものでしかない。愚かしい決断が、今になって見えてきた真実を曇らせる。

いったんは結婚を約束したのだ。相手が嘘をついていたとしても、そう簡単に覆せる話でないことは隼世にもわかっていた。だが、萱原という名を前に、彼はじゅうぶん誠意ある対応をしてきている。少なくとも、できるかぎりのことをしようと提案した。由花子の両親、並びに祖父は隼世からの破談申し出に納得してくれたものの、現状婚約者である萱原由花子が首を縦に振らない。

時間をかけて、説得するという道も考えた。そうしている間に、ほかの男に結衣を奪われてしまうこともありうると思うと、早くも焦燥感が胸を焼く。

——それにしても、なぜ結衣はあれほど由花子に義理立てするのか。たしかに、彼女は優しい女性だ。相手が誰であれ、不実な真似をしたくないと思うのもわからなくない。

結衣の性格からすれば、由花子への配慮は当然ながら、現状あまりに隼世に対して不義理ではないだろうか。

少なくとも、彼女は嘘をついている。

隼世と過ごした富良野での日々を、知らないと言い張る結衣。

触れれば、わかるのだ。

想いを込めて抱いた女だ。当時目が見えていなかったとしても、抱きしめれば、くちづければ、肌に触れればわからないはずがない。

なぜ、と思ってから、隼世は両手で濡れた前髪をかき上げる。

——なぜも何もあったものじゃない、か。

どれほど優しく慈悲深い結衣とて、迎えに来ると約束した男が、ほかの女と婚約している姿を見れば気分を害するのも当然だ。

またしても、自分の選択が足を引っ張っている。つまるところ、隼世が急《せ》いたことにより、今の状態に陥っている。

「……結衣」

彼女の名を呼べば、ひどく胸が締めつけられた。こんな想いは初めてだ。

同時に、なぜあのとき、彼女に名を尋ねなかったのか、自分のくだらないプライドを打ち砕きたくなる。

考えれば考えるほど、思考は行き止まりにたどり着く。せめて、彼女が認めてくれれば。そうすれば、すべての事情を説明し、あと少しだけ――由花子との婚約を正式に解消するまで待っていてほしいと言うこともできるのに。

体がひどく冷えていた。

だが、どれほど冷やしても、結衣への気持ちだけは熱く滾る。

「……持ち出したくはなかったが、あれを使うしかないな」

先日、調査員から受け取った報告書を思い出し、隼世は息を吐いた。


♪。+.o.+。♪。+.o.+。♪


罪悪感がなかったわけではない。

むしろ、申し訳ないという想いが強かったからこそ、相手が納得するまで話し合うつもりでいた。決定的な証拠を出すのも、ギリギリまでこらえる体《てい》で臨んだ。

しかし、萱原家での二度目の婚約破棄の話し合いで、由花子は相変わらず「絶対に嫌です」と応じる気配はなかった。

「隼世さんのほうから情熱的に結婚を申し込んでくれたのに、どうして今になってそんなひどいことを言うんですか……?」

彼女の言い分はもっともだ。

情熱的だったかどうかは別として、彼女の存在に救われたというのもあったに違いない。偽者ではあれど、『彼女』と再会できたと喜んだ気持ちだけは本物だった。

「今になって婚約を取りやめるだなんて、祖父が聞いたらどんなにお嘆きになるか……」

「由花子、もう諦めなさい。お祖父さまはご納得されているのよ」

母親にそう言われても、由花子は「嫌！」と両手で顔を覆う。

「隼世さんは、あの人に騙されているんです……っ！　彼女、わたしからあなたを奪おうと必死で画策していたんです。だから、こんなことに……」

「――どういう意味です、それは」

隼世の表情が厳しくなった。

誰かに騙されている覚えはないが、この局面で自分の気持ちがほかの誰かに奪われているというのなら、相手は結衣しかいない。

意味を問うたのは、結衣が自分を騙しているかもしれないと思ったのではなく、あれほどまで由花子に義理立てする彼女を簡単に悪く言う態度に憤慨したからだ。

「だ、だって、彼女はわたしを脅して、あなたとの婚約を取りやめるよう言ったんです。それに、あなたに手を出されたくなければ、相応の対価を払えって……」

「ほう？」

テーブルの下で、手のひらにきつく爪を食い込ませる。結衣がそんなことを言うとは、到底思えなかった。

「だからお願いです。彼女の言うことを信じないで。わたしを信じてほしいんです！」

「……彼女は、何も言っていない。少なくとも、あなたに関して彼女が言ったのは『由花子さんを悲しませないで』だけだ」

それまでは、せめてもの礼儀を欠くことのないよう、隼世なりに由花子を気遣って話していたけれど。

——結衣があれほど由花子をかばうのに、由花子は結衣を悪者に仕立てようとするなら、もう容赦はしない。

彼は、アタッシェケースから調査報告書の入った封筒を取り出す。

「な、なんですか、これは……」

「見ればわかる」

すると、由花子本人ではなく父親と母親が目配せをし、慎重に封筒の中身をテーブルに並べていく。

「っ……、これ、どういうつもりですか⁉」

並べられた数々の写真に、由花子の表情が変わった。

「どういうと聞かれても、あなたが俺と富良野で一緒に過ごしたというのが、嘘だと証明する証拠としか言えないな。それとも、こういえばいいか？　海外で奔放《ほんぽう》に遊び回る、令嬢の豪遊っぷり、と」

青ざめかけた由花子の顔色が、みるみるうちに赤くなっていく。羞恥によるものではなく、怒りの表情が黒目がちの瞳ににじんでいた。

「この調査によれば、あなたは昨年六月から十二月までウィーンにいたとされている。ずいぶん楽しそうに、様々な男性と顔を近づけて写真を撮影しているようだが、それは問題ではない。俺が富良野にいた時期、あなたがウィーンにいた。この点について、申し開きは？」

そう。

由花子は、富良野になど行ったこともなかった。決して隼世の『彼女』ではなかったのだ。

調べるのは、それほど難しいことではない。隼世は仕事の関係上、懇意にしている調査会社がいくつかある。ほんとうならば、最初に調べておくべきだったとわかっているが、それをしなかったのは由花子が『彼女』だった場合に、疑ったことを後悔すると思ったからだ。

「由花子……、ほんとうのことを言ったほうがいい。東条さんを騙したのは、おまえのほうだろう」

「お父さま、なんてことを言うの！」

ヒステリックな声をあげる由花子とは逆に、沈痛な面持ちの彼女の父親が口を開いた。

「東条さん、ほんとうに申し訳なかった。娘の嘘を知りながら、我々は東条グループとのつながりを重視して、知らぬ顔をしてきた。この調査結果に偽りはありません。娘は、一昨年問題を起こし、私の父の意向でしばらく日本を離れさせていたんです」

「……そうでしたか。言いにくいことを言わせてしまい、こちらこそ申し訳ありません」

由花子の嘘を、両親も、そして祖父も最初から知っていたのだろう。だからこそ、彼らは隼世が破談を申し入れた際、それほど引き止めることもなく了承したのだ。

当の由花子以外は。

「……認めないわ」

ぎり、と歯噛みして、由花子が隼世を睨みつける。

「たとえ、わたしが嘘をついていたからってなんだっていうの？　あなたに必要なのはわたしです。あんな、なんの後ろ盾も学歴もない田舎の女を選んで、この先にどんな未来があるっていうんですか！」

「由花子！」

母親が、娘を諫《いさ》めるように名を呼ぶも、か弱き令嬢の仮面を脱ぎ捨てた由花子は、さらに隼世に向かって身を乗り出した。

「それに、あの人は結局約束を破ったんですよ。このわたしが、泣いて頼んだのに。絶対に隼世さんには、自分が富良野で一緒にいたことを言わないと約束したくせに！」

ああ、と隼世は思う。

結衣がなぜ、ほんとうのことを話してくれないのか、彼には大きな疑問だった。何かしらの理由があるだろうとは思いつつも、それを踏まえてなお自分を選んでほしいというのが隼世の願望だったのだ。

けれど、お人好しで優しくて、自分のことなどいつも後回しに、誰かのために行動する結衣ならば、由花子と約束した時点で決して隼世に真実を告げることはしない。

「……何か誤解をしているようだが、彼女はそれについて、約束を破ってはいない」

「だったらどうして、わたしが偽者だと気づいたんですか？　あの人が現れてからは、いっそう彼女の話し方に寄せて、努力してきたんです！　なのに、どうして⁉」

なかば悲鳴にも似た、悲痛な声。

これまで隼世が見てきた由花子が意図的な仮面で繕った存在だったとしたら、今こうして言いたいことを言う彼女こそ、ほんとうの菅原由花子なのだろう。

「あなたは、彼女が現れたことでこの関係が破綻したと思っているかもしれない。だが、そういうことではなかったんだ。俺は何度も違和感を覚え、あなたは富良野での話を避けたがった。どちらにせよ、長くは続かないものだったと思う」

だから、隼世もほんとうのことを言うべきだと思った。結衣が現れようと現れまいと、この関係は終わっていた。少なくとも、彼はそう思っていることを。

「そんな……」

由花子の表情が、ひどく歪む。

「ご両親にも、たいへんご迷惑をおかけしました。このようなことになり、申し訳ありません」

深々と頭を下げる隼世に、彼女はもう何も言わなかった。それに少しだけ安堵する。

これでやっと偽りの関係に終止符を打つことができるのだと、彼は心から思う。

だから、気づいていなかった。

隼世を見つめる由花子が、悔しさと憤りの入り混じった表情に、ひとさじの狂気を落としていたことを。


♪。+.。.+。♪。+.。.+。♪


一度、夏の終わりに倒れてから、結衣は体調管理を怠らないよう気をつけている。

自分がつらいだけではなく、周囲に心配をかけてしまうのが心苦しかった。

富良野にいたころの『ラベンダー』とは違い、『.K』では複数人のスタッフが同じ時間帯に勤務する。自分が体調を崩すと、ほかのスタッフの勤務時間に影響が出るのだ。

だから、どんなに落ち込んでも、どんなに気が滅入《めい》っても、そしてどんなに悲しいことが起きたときでも、とにかく栄養ある食事をとって睡眠時間を削らない。

一日の仕事を終えて、北千住のアパートに帰ってきたときには、もう二十二時近かった。見慣れた車がアパートの手前に停まっているのを見て、ふと足を止める。

――誠一お兄さん？

すると、相手も結衣に気づいたのか、運転席のドアが開いて誠一が「結衣ちゃん」と声をかけてきた。

「え、どうしたの？　こんな遅くに……」

「うん、少し心配になったから」

心配されるようなことがあっただろうか。結衣は、口元に手を当てて考えた。

たしかに、先日つらいことはあった。だが、それについては誰にも話していない。隼世が誰かに話すとも考えにくい。

「あの、心配って……」

「昨日から、何度もＳＮＳでメッセージを送ってるんだけど既読がつかなくて。もし、アパートで倒れてたらって気になって来てみたんだけどね」

そういえば、誠一には保証人になってもらったこともあり、緊急時のために部屋の鍵を預けている。

「あ……」

「部屋の中にもいないし、カフェに電話したらちょうど帰ったところだと聞いたから、待ってたんだ」

「ご、ごめんなさい。わたし、そういえばスマホの充電をしていなくて、電源が落ちたまま部屋に置きっぱなしなんです」

あの夜以降、由花子から昼夜の別なくひっきりなしにSNSでメッセージが届いた。罵《ば》詈《り》雑言《ぞうごん》の数々に、自分が悪かったのだから仕方ないと思えど、気持ちが滅入る。

そうしているうちに、充電を忘れて電源が落ちた。結衣は、もう一度スマホの電源を入れる気力がわかず、そのまま放置してしまったのだ。どうせ、もともとたいして友人がいるわけでもなく、上京してからスマートフォンを買ったものの、基本的にどこからも連絡のない毎日だ。

数日、電源を落としていたくらいで困ることはない。そう思っていたのだが。

——そのせいで、誠一お兄さんに心配をかけるなんて。

「いや、いいんだよ。結衣ちゃんが無事でほっとした」

「ほんとうに、迷惑をかけてごめんなさい。お兄さんも、仕事で疲れているのにこんなところまで……」

結衣には医師の仕事のことはあまりわからないが、入院病棟のある病院で働いているということは夜勤もあるのかもしれない。

「そんなに恐縮しないで。僕は、ただかわいい妹のことが気になっただけなんだ。それに、麻理恵《まりえ》も『そんなに心配ならアパートまで行ってみたら?』って言ってくれて」

麻理恵は誠一の恋人で、二度ほど顔を合わせたことがある。ふわふわしたパーマがかわいらしい、プードルを思わせる女性だ。誠一の勤める脳神経外科の教授の娘で、ふたりは教授宅のホームパーティーで知り合ったと聞いている。

来年には結婚する予定の、幸せなふたり。

もしかしたら、今日も麻理恵と過ごしていたところを切り上げて来てくれたのではないだろうか。そう思うと、ますます申し訳ない気持ちになった。

──駄目だなあ、わたし。

しゅんと肩を落とすと、同時に涙が出そうになる。こんなときに泣いたら、誠一にいっそうの心配をかけるだけだ。

「結衣ちゃん?」

「スマホって、まだ慣れなくて。東京に来て初めて契約したから、つい充電を忘れちゃうの。もう、駄目だよね」

えへへ、と笑ってみたけれど、こちらを見る誠一の瞳が優しくて、無理をするのも限界だと感じる。

「うん、僕もたまにスマホを家に忘れて仕事に行くから、気持ちはわかるよ。そのたびに、麻理恵に叱られるんだよね」

「もう、麻理恵さんに捨てられたら……大変だ、よ……」

心の痛みをごまかして。

悲しくない、寂しくない、わたしは平気、と何度も何度も言い聞かせた日々。

それなのに、誰かの優しさに触れると簡単に泣きたくなってしまう。

「結衣ちゃん」

泣きそうになるのを懸命にこらえる結衣に、誠一が膝を曲げて目線を合わせてくる。

「ひとりで無理しなくてもいいんじゃないかな。僕は、結衣ちゃんのことをほんとうの妹だと思ってる。それに、もし僕に言いにくいことだったら、きっと麻理恵が聞いてくれるよ。麻理恵はひとりっ子だから、妹ができるのが嬉しいって言っていたしね」

「で、でも、わたし、城月の家とは関係なくて……」

「そんなのどうでもいい。もし今、父さんと義母さんが離婚したって、僕は結衣ちゃんのことを妹だって言い続ける」

だから、きみは僕の妹なんだよ、と誠一が笑った。

ぼろぼろと涙がこぼれ、結衣は子どものように両手で顔を覆う。

誰か助けて、と。

何度も、そう叫びたくなる夜があった。

隼世と再会したときも、彼が由花子と婚約していると知ったときも、由花子から呼び出されて富良野でのことを言わないと約束したときだって、そして自分に気づいてくれない隼世と顔を合わせるときにも――いつも、もう駄目だと思った。これ以上がんばれないと思った。

それでも、たったひとつの希望が残されていた。

たとえ、自分の隣にいてくれなくとも、彼が幸せでいてくれるならそれでいいと心から思っていた。

――なのに、わたしのせいで全部駄目になっちゃうかもしれない。由花子さんとの約束も、ちゃんと守れないかもしれない。次に東条さんと会ったら、もう嘘をつけないかもしれない。

「だいじょうぶだよ、結衣ちゃん。何があっても、結衣ちゃんはひとりじゃない。ずっとひとりでがんばってきたんだね。もう、無理しなくていいんだよ」

温かな両腕が、結衣を優しく抱きしめてくれる。

「でっ、でも、わたし、ほんとに……ぜんぜん、悲しくなくて……」

「嘘つきだなあ。よしよし、そんなに強がらないで、たまにはお兄さんに甘えてごらん」

ぽんぽんと子どもをあやすように背を叩く手が、冬物のコート越しに伝わるぬくもりが、そして何より彼の声が、心にじんわりと沁みてきた。

「泣きたいときに我慢するとね、もっと苦しくなるんだ。うわーんって大きい声をあげて泣いたほうが、実は立ち直るまでの時間が短くて済むって知ってる？」

「……それ、何かの研究結果？」

「ううん、僕の実体験に基づく話」

大人で、とても落ち着いた誠一が、声をあげて泣く姿なんてとても想像できない。結衣は小さく笑い声を漏らした。

「あっ、笑ったね？　僕だって、こう見えて研修医のころはよく泣いたんだよ。先輩にいびられたりとか、患者さんに怒鳴られたりとか、あとナースに口きいてもらえなかったりとか？」

「誠一お兄さん、わたし……」

ここ最近、ずっと迷っていたことを口に出しかけて、結衣は言葉に詰まる。

声に出してしまったら、もう引き返せない。そんな気がしていた。けれど、自分がここにいることで、多くの人に迷惑をかけているのなら――

さほど広くもない住宅地の道路に、車のライトが眩しい。誠一の車は、エンジンを切っている。もちろんライトもついていない。

通り過ぎていくだろうと思った車が、ふたりの手前で停まった。

そして。

カツカツと、アスファルトを鳴らす革靴の音。それがどんどん速まり、あっと思ったときには、ふたりのすぐそばまで近づいていた。

「――彼女から離れろ！」

ぐい、と誠一が襟元をうしろに引っ張られる。

「どうして……!?」

声だけで、顔を見なくともわかる。

こんなところにいるはずのない人、できることならば会いたくなかった人。

隼世が、そこに立っていた。

「東条さん？　どうしたんです、いったい何が……」

「あんた、義理の兄だなんて言っておいて、恋人もいるくせに結衣に手を出すなんて、どういうつもりだ！」

普段よりいっそう低い声に、結衣は一瞬で血の気が引いた。路上で抱き合っていたのだから、誤解されるのは仕方のないことかもしれない。だが、少なくとも誠一にも結衣にも、そういった男女の情のようなものはなかったのだ。彼女にとって誠一は血のつながりこそないけれど、兄という認識に違いはない。

「や、やめてください、東条さん。兄に乱暴しないで……っ」

どちらかというと男性にしては細身だと思っていた誠一が、隼世の手を強引に振り払う。

「東条さんこそ、何を勘違いしているのか知りませんけど、僕の妹をこんなに傷つけたのはあなたなんでしょう？　あなたのほうこそ、結衣ちゃんに近づく権利なんてない」

誠一は、毅然としてそう言い放った。

――どうして、誠一お兄さん……？

今まで、一度たりとも富良野での隼世との日々について誠一に話したことはなかった。東京で彼と再会して以降も、かつて知り合いだったと明かしたこともないはずなのに、なぜ誠一がそう言ったのか、結衣は困惑するばかりだ。

「俺が……彼女を……？」

隼世の表情が、いっそうこわばる。

「ええ、そうです。結衣ちゃんは明るく健気で素直な子ですよ。そんな彼女を、こんなに追い詰めて苦しませている、元凶があなたでしょう？」

普段は温厚な誠一が、隼世に対して厳しいまなざしを向けていた。

「お、お兄さん、やめて……。東条さんは、何も関係ないの。わたしが少し疲れていて、それで……」

「結衣ちゃん。きみはいつも誰かをかばってばかりだね。優しくて、自慢の妹だよ。だけど、優しいだけじゃ自分を守れない。自分を守ることのできない人間は幸せになれないんだ。わかるね？」

こちらに顔だけを向けて、誠一は寂しげに微笑む。

大好きな兄に、そんな顔をさせてしまったことが申し訳なかった。今まで何も言わずにいたのに、何かを察してくれていた誠一。

自分で考えていたより、結衣は兄に守られていたのかもしれない。

「ということですので、これ以上僕の妹に近づかないでいただけますか」

仁王立ちする誠一が、背中で結衣をかばう。

「……これは、彼女と俺の問題だ。城月先生には関係ない」

そんな誠一の肩をつかんで、押しのけようとする隼世。それに抗う誠一。

ふたりの攻防をよそに、降りはじめた雨がアスファルトにぽつぽつと丸いシミを作るのを、結衣はじっと見つめていた。

——ああ。また雨だ。

隼世と会う夜には、いつも雨が降っている。

自分をかばおうとしてくれる誠一のことも、真実を知りたいと願う隼世のことも、結衣が解決しなければいけないことなのに。現実から逃げて、雨音にばかり耳を澄ませていても、何も始まらない。何も——終わらない。

「……てください」

夜の帳《とばり》の内側で、冷たい冬の雨が降る。

それにかき消されそうな小さな声で、結衣が言葉を発した。

「やめてください……っ」

小柄な体をふたりの男の間に割り込ませ、結衣は隼世を見上げる。睨みつけようと思っているのに、彼を前にすると想いがあふれてしまいそうになった。目頭が熱い。さっきまで泣いていたせいだと自分に言い聞かせ、喉にぐっと力を込める。

「結衣、俺は……」

「あ、あなた、なんなんですか。勝手にわたしのことをほかの誰かと勘違いして、あんなひどいことをして、そのうえ誠一お兄さんにまで……。帰って、帰ってください。東条さんとお話しすることは何もありません……っ」

心臓が、壊れるのではないかと思った。

もしも罪悪感でこの胸が潰れるのだとしたら、それでもかまわない。大切な人に嘘をつき、彼を罵る言葉を口にしたのだ。自分なんて、どうなったって嘆く権利もありはしない。

落ちてきた雨粒が、隼世の整えられた前髪を濡らす。

黒髪の先端から、ぽたりと雫が落ちた。

「……きみの言うとおりだ。俺が、間違っていた。きみは財産狙いでもなければ、俺の持っているものにまったく興味さえ示さなかった。俺がどこの誰でも、あんなに優しくしてくれた――」

街灯とどこかの家の明かりで、薄く照らされた隼世の頬が、これまでにないほどやつれて見えた。

伏せた瞳が、傷ついている。

彼を傷つけたのが自分だと、結衣にはわかっていた。

――それでも、約束してしまった。わたしは、東条さんに明かすことはできない。

かつて。

幼い結衣は、両手にいっぱいの約束を抱きしめていた。機嫌のいいときの母は、ずっと一緒にいるよ、家族三人で幸せに暮らしていくんだよ、結衣はお母さんの宝物だよ、と言ってくれたものだ。

父も同様で、次の日曜日に動物園へ行こう、夏になったら海へ行こう、冬にはお父さんの生まれ育ったところへ行こう、と言葉を尽くして結衣を喜ばせてくれた。

そして、大好きだった祖母。

『結衣ちゃんが大きくなるまで、ずっと一緒にいるからねえ』

幼い結衣の頭を撫でてくれた、あのしわしわの手を思い出すだけで、今でも結衣は息が苦しくなる。

誰も、最初から破るつもりで約束をするわけではない。あるときは結衣を喜ばせようとして、またあるときは結衣を悲しませまいとして、大人たちは幼い結衣と指切りをした。

けれど、そのどれもが果たせない約束だった。残されるのは、やるせない気持ちばかり。

誰も嘘をつくために約束をしたのではないと知っているからこそ、結衣は自分の言葉に責任を持ちたかった。

「……俺にとって、あの日々だけが救いだった。だから頼む。せめて教えてくれないか。きみは、富良野で俺と――」

由花子の泣き顔を思い出す。

腕に食い込んだ、彼女の爪の痛みを思い出す。

そして結衣は。

「……っ、雨に濡れますから、ふたりとも帰ってください……」

涙をこらえてそれだけ言うと、小走りにアパートの自室へ駆け込んだ。


『手術が終わったら、迎えに来る。それまで待っていてくれるか?』

あの日、隼世はそう言った。

もちろん、尋ねられたときの結衣は、彼の名前さえ知らなかった。

『はい。ずっと待っています』

それでも、信じることができた。隼世の言葉に頷き、彼の胸に頬を寄せた。

『ありがとう』

きっと、彼は微笑んでいただろう。

ふたりに起こったいくつかの出来事のうち、いちばん幸せだった記憶。

たとえ彼が迎えに来てくれなくとも、結衣は失望したりしなかった。約束は、いつだって結衣の心のお守りのようなものだったから。

アパートの部屋に戻ると、結衣は化粧も落とさずにベッドにもぐりこんだ。枕を抱きしめてうつ伏せに嗚咽を漏らす。雨音が、窓に愛《かな》しい。

泣いて泣いて、泣き濡れて。

気がつけば、結衣は短い眠りに落ちていた。

頭の痛みを覚えて目を開けると、時計の針は午前二時を指している。

――ああ、誠一お兄さんにお詫びの連絡を……こんな時間にしたら迷惑だから、明日になったら……

開け放していたカーテンを閉めようと窓際に立つと、アパートの前の狭い駐車場に背の高い影が見えた。

「……え……？」

まさか、と思った。

あれから何時間が過ぎたのか。彼が、そこにいるはずがないのに。

けれど、まっすぐにこちらを見つめているのは、ずぶ濡れになってなおうつむくことなく顔を上げた東条隼世だった。

反射的に、結衣は玄関へ向かう。

帰ってと言っておいて、彼を気遣うのは残酷なことかもしれない。だが、降りしきる冬の雨を何時間も浴びている隼世を、そのままになんてできなかった。

玄関に立てかけたビニール傘を手にして、結衣はサンダルで外へ出ていく。

「東条さん……っ」

名前を呼ぶと、彼はぐっしょりと濡れた髪のまま微笑んだ。どこか寂しげで、けれど幸せそうな笑顔だった。

「何を考えているんですか、こんな……」

「きみのことを、ずっと考えていた」

傘を差しかけようとすると、隼世は地べたに膝をつく。寒さで立っていられないのではないかと、結衣は青ざめた。

しかし。

「ほんとうに、申し訳なかった……」

彼はそのまま、深く頭を下げる。アスファルトに正座し、ひたいをこすりつけるほどの勢いで。

「や、やめてください。服が汚れます」

「スーツなんてどうだっていい。俺はただ、きみに謝りたい。俺がきみを傷つけたという城月先生の言葉に、頭を殴られた気持ちだった」

顔を上げない隼世は、低い声で続ける。

「俺ばかりがきみに裏切られた気持ちになっていたけれど、実際はそうじゃない。そもそも、俺が間違えたんだ。俺が――由花子に婚約を持ちかけた。そして、きみを迎えに行くこともしなかった。あのときの俺は、富良野での思い出の女性が傍らにいてくれると信じていた。だから――」

「お願いです。こんなところで座り込んでいたら、体が冷えて危険ですから」

結衣は、片手に傘を持ったまま、もう一方の手で隼世の腕をつかんだ。スーツの上からでもわかるほど、彼の肌は体温を失っている。うなじは白く、血の気がない。

「……立ってください」

「いや、俺は」

「わたしには、あなたを抱き上げるような力はないんです。どうか、立って自分で歩いてください」

のろのろと顔を上げた隼世が、結衣を見上げて前髪をかき上げる。

「……泣きそうな顔だ」

弱く微笑む彼に、結衣は首を横に振った。

「いいえ、きっと雨のせいでそう見えるだけです。わたし、泣いたりしません」

「このやりとりも、懐かしいな」

「…………」

返事はできない。

結衣は、彼の富良野の思い出の女性だと認めるわけにはいかないのだ。

立ち上がった隼世が、ぐらりとよろける。慌ててそれを支えると、手にしていた傘がアスファルトに転がった。

「冷えていますね。唇も紫色です」

「このくらい、なんてことない」

「狭い部屋ですけど、上がって温まっていってください。風邪を引いたら大変ですから」

「……いいのか?」

ほんとうは、よくないことだと結衣も知っている。

これ以上、彼に近づかないほうがいい。否定することにも疲れてしまった。何より、結衣自身が彼を忘れられずにいる。いつ、どんなきっかけで、彼への想いがあふれてしまうか考えると怖い。

「……ヘンなことしたら、追い出します」

「きみは、見た目によらず怖いな」

ははっ、と小さく隼世が笑った。


♪。+.ﾟ.+。♪。+.ﾟ.+。♪


――二十二歳の女性の部屋というには、あまりにものがない。

隼世は、冷え切った体で結衣の部屋に足を踏み入れた瞬間、最初にそう思った。

部屋の中央に置かれた楕円のローテーブルは、木目調で小ぶりのものだ。そのすぐ横に、座面部分が折り畳まれた、不思議なデザインのひとりがけソファがある。それに、縦二段のカラーボックスが二台と、隼世の腰ほどもない小さい冷蔵庫。

「今、タオルを出しますね」

結衣がクローゼットを開けると、彼女らしい整頓された中身がちらりと目に入る。だが、そこにも洋服の類《たぐい》は少ししかなさそうで、冬物のコートが一枚、ハンガーにかかっている。

半透明のボックスから、真新しいタオルを取り出した結衣がこちらに振り返るとき、クローゼットの上部に置かれていた紙袋がどさっと彼女の頭に落ちてきた。

「きゃっ」

「だ、だいじょうぶか⁉」

「だ、だいじょうぶです。重いものではないので……」

床に落ちた紙袋から、きれいにラッピングされたプレゼントのようなものが覗いている。

包装紙の色から見て、クリスマスプレゼントのようだ。誰かにあげるのか、あるいは気の早いもらいものか。

──少なくとも、俺には関係ない、か。

隼世は、胸のうちに小さな痛みを感じながら目をそらした。

「あの、これ、タオルです。一度洗濯をしてありますが、新品です。水を吸うように洗っただけなので、よかったら……」

おずおずと差し出されたタオルを、「ありがとう」と気のない返事で受け取る。彼の頭の中には、彼女が誰かにクリスマスプレゼントを贈ろうとしているかもしれない、という事実がぐるぐる回っていた。

結衣を縛りつける権利など、自分にないことはわかっている。

たとえ、彼女が富良野で自分と過ごしたことを認めてくれたとしても、ほかの女性と婚約をしていた自分を許してくれない可能性もある。

──それでも俺は、きみがほしい。きみ以外、何もほしくない。誰もいらない。

子どもの我儘と大差ない。自覚があるからこそ、自分の想いを散らすこともできずに隼世はらしくない行動にばかり出ていた。

だが。

この贅沢とは程遠い部屋を見て、隼世は考え直すことになる。

結衣は、かつて自分が「何もいらない」と言ったときに、それを悲しいと言った。世界を拒絶することだと、彼女は言っていた。

——つまり、今の結衣は世界を拒絶しているのか……

だとすれば、自分がどれほど彼女を激しく渇望していても、結衣に届かないのも当然なのかもしれない。

タオルで濡れた髪を拭いていると、結衣がすっと両手を上に向けて差し伸べてくる。

「……?」

彼女の行動が理解できず、隼世は一瞬固まった。まさか、抱きしめていいという合図ではあるまい。

——だが、もしそうだとしたら。このチャンスを逃したら、俺は彼女を取り戻すことなんてできないんじゃないのか。

懊悩しつつも、結衣に向けて両腕を伸ばそうとしたそのとき。

「ジャケット、脱がれたほうがいいですよ。ぐっしょり濡れてますから、拭くより乾かしたほうがいいです」

「あ、ああ、そうか。そうだな。すまない」

隼世のジャケットを受け取ると、彼女はそれを洗面所へ持っていった。おそらく、ハンガーにかけて干してくれるのだろう。

――抱きつかなくてよかった。

チャンスかと勘違いしかけたものの、あれはピンチだったわけだ。あそこで抱きついていたら、きっと結衣に軽蔑された。ヘンなことはしないでと、前もって釘を刺されていたのだから。

「何か、着替えがないと……」

部屋に戻った結衣は、再びクローゼットを開ける。ジャージのようなものを取り出してみるものの、首をかしげては畳んで戻す。何度かそういった仕草をしたのち、彼女はコートを羽織った。

「着るものを買ってきます。あの……東条さんが普段着ているような高級な衣類ではないですけど、我慢してもらえるなら……」

「買ってくるって、この雨の中をか？　駄目だ。行く必要はない」

隼世は、強い口調で否定する。

こんな夜更けに、彼女がひとりで外出するのを――それも自分のせいで外出する羽目になるのを見逃すわけにはいかなかった。

「俺なら平気だ。普段から体を鍛えているからな、このくらいは——」

言いかけたところで、大きなくしゃみが出た。

「……着替え、必要ですよ」

口元を軽く押さえ、結衣が笑いをごまかすように言う。なんとも格好がつかない。彼女の前では、いつだってそうだ。

「だったら俺も行く」

「びしょ濡れのままでですか？」

「タクシーを呼べばいいだろう」

「乗車拒否されます」

そこで、隼世は言葉を飲み込んだ。

——うちの運転手に連絡を入れて、車を呼べばいい。

そう言おうとしたのだが、同時にそんなことを言おうものなら「だったら、そのお車でホテルに帰ったほうがいいです」と追い出されるのは目に見えている。

彼女にとって迷惑なのは、百も承知していた。自分がここにいることで、結衣はこんな時間に買い物に出かけ、夜をゆっくり過ごすこともできない。そもそも、彼女と兄が一緒にいるのを見ただけで激昂した隼世が悪いのだ。

——それでも、俺はきみといたい。

三十七歳にして、まるで思春期の少年のような想いを胸に、隼世は長財布を取り出した。

「これで、買い物を頼む。往復はタクシーに乗ってくれ」

数枚の一万円札を差し出すと、結衣が困り顔で一枚だけそっと引き抜こうとする。

「歩いていけますから」

「駄目だ！　タクシーを使ってくれ」

「でも……」

「〜〜〜っっ、領収書が必要なんだ。俺はすべて経費として申請しなければいけない。だから、きみは俺の金を使うなら領収書をもらって、タクシーに乗って買い物をしてきてくれないと困る」

格好が悪いにもほどがあるというもの。

なぜ、十五歳も年下の彼女に、自分はこんなみっともない言い訳をしているのか。

けれど、結衣は少しだけ驚いたように目を丸くして、「そうか、そういうものなんですね」と素直に隼世の手から金を受け取った。

「社長さんって、いろいろわたしにはわからない苦労があったんですね。気づかずにすみません。それじゃ、お買い物をしてきますから、もし良かったらバスルームも使ってください。温かいシャワーを浴びたほうがいいと思います」

「……ああ、ありがとう。気をつけて」

結衣が玄関を出て、外から鍵をかける。

カンカンカン、と小さく響く彼女の足音に耳を澄ませ、隼世はほっと安堵の息を吐いた。

今まで、彼が出会った女性の多くは男性に支払いを任せることを当然のように考えているタイプばかりだった。隼世が領収書の話を持ち出したりしたら、ケチだと笑われてもおかしくない。それどころか、こんな雨の中を彼のために衣類を買いに出かけてくれるような存在が、ひとりでもいただろうか。

それは男女問わず、仕事を抜きにした隼世のために——という意味で。

——きっと、結衣だけだ。見返りなんて期待しない彼女だから、俺にすら優しくしてくれる。

あるいは、彼女はあの富良野の夜も。

同情で、それとも憐憫《れんびん》で、隼世に抱かれてくれたのかもしれない。そう考えかけて、隼世は「違う!」と声を出した。

彼女は、「つきあいたい相手ならいる」と言った。それこそが自分だったのだ。そう、彼女は明確な恋情を示してくれていた。

もう一度くしゃみをして、隼世は身震いをひとつ。

彼女の言葉に甘えて、シャワーを浴びることにした。

♪。+.゜o.+゜。♪。+.゜o.+゜。♪

北千住駅までの道中で、運良く空車のタクシーを拾った結衣は、町屋《まちや》にある総合ディスカウントストアへ向かった。

「営業時間ギリギリだねえ。たしか、三時までだよ」

運転手の言葉に、「間に合いそうでよかったです」と返事をしつつ、買うべきものを考える。

——メンズのLサイズのお洋服を上下。これは、ジャージかパジャマみたいなものがいいのかな。それとも、明日外を歩けるような服のほうが……

今夜のうちに、彼のスーツが乾かない可能性は高い。けれど、ディスカウントストアで買った洋服を着ている隼世というのも、想像しにくいものがある。

——それから、下着。男の人の下着って、いろいろ種類があるけど、どういうのを買えば普通なんだろう。

実際、店舗に到着した結衣はトランクスとボクサーパンツなる二種類を前に、だいぶ混乱することになった。男性の下着売り場に長居するのもどうかと思い、手近にあった濃いグレーのボクサーパンツを買い物かごに入れる。

スウェットパンツと前開きのパーカーのセット、長袖のTシャツ、厚手の靴下を買って、店を出ると来たときのタクシーが待っていてくれた。

黄色い買い物袋を両手でかかえる結衣に、「ずいぶん買い込んだねえ」と運転手が笑いかけてくる。

「待っていてくれてありがとうございます」

「帰りはどこまで?」

「あの、北千住の——」

アパートへ戻り、隼世の言ったとおりに領収書をもらった。当然、行きのタクシー代も買い物代も領収書はもらってある。

「ただいま戻りました」

玄関を開けると、室内はエアコンが効いて暖かい。

「おかえり。……悪かったな、こんな時間に買い物をさせて」

床に座る彼は、腰にバスタオルを巻いただけの格好だ。考えてみれば、シャワーを浴びたところで着替えがないのだから当然だろう。

「いえ、そんな……あ、あの、お洋服を……」

「……すまない」

「お釣りと領収書、ここに置きますね。着替えが終わるまで、わたしは洗面所にいますから、終わったら教えてください」

彼の筋肉質の体を直視できず、結衣は慌てて洗面所へ飛び込んだ。ドアに背をつけて、はあーと長い息を吐く。

心拍数が上がり、頬がかあっと熱くなっているけれど、この熱は寒い外から急に暖かな室内に入ったことによるもので――なんて考えたところで、自分を騙すことはできない。

――わたしって、単純な人間だ。

どんなに彼を拒絶しても、隼世のそばにいると何かしてあげられることはないかと考えてしまう。素肌を見ればドキドキするし、濡れ髪に胸がきゅんとせつなくなる。

結局、どうやっても想いを消すことはできないのだ。時間だけが薬になる。では、何年経っても気持ちが変わらなかったら、そのときにはどうしたらいいのか。

コンコン、と遠慮がちに洗面所のドアがノックされる。

「あ、終わりましたか？」

ドアを開けると、のしかかるようにして隼世が結衣に抱きついてきた。

「っっ……あ、あの、何を……っ」

また、あの夜のように――ホテルの彼の部屋でされたときのように、いやらしいことをされるのかもしれない。結衣は、体をこわばらせた。

しかし。

——東条さん、熱い……？

「すまん、ちょっと熱があるらしくて、冷たいシャワーを浴びたいんだが」

そういえば、帰宅したときの彼の反応はいつもより鈍かった。

「何言ってるんですか！　そんなことしたら逆効果です。早く、お部屋に戻ってあったかくしないと……」

背の高い彼の脇の下にもぐりこむようにし、なんとか体を支える。こんなふうに、隼世を支えて歩いたことがあった。あれは、初めて彼の洋館に足を踏み入れた日のこと。

——あのときは、東条さんが転んでしまって、肩を貸したんだった。

懐かしさと、もう戻れないやりきれなさが胸をぎゅっと締めつける。

部屋まで戻ると、いったん床に座ってもらい、結衣はソファベッドを広げてベッド状に固定した。急いでシーツをかけ、枕にタオルを巻く。

「ここに横になってください」

「だが、俺がベッドを使ったらきみは——」

「病人は、余計なことを考えないんですよ。立てますか？」

彼は自力で立ち上がると、普通のシングルベッドよりも幅の狭い結衣のベッドに仰向けに寝転んだ。すぐにタオルケットと毛布、それに一枚しかない羽毛布団をかけて、結衣は体温計を渡した。

ていれば……

――あんな寒い中で、それも雨に打たれていたんだもの。もっと早くにわたしが気づいていれば……

浅く早い呼吸。唇が乾いている。熱は三十八度だった。

「飲み物を持ってきます。水分をとってください」

冷蔵庫からミネラルウォーターのボトルを取り出し、グラスに注ぐ。それと同時に、冷凍してあった白米をレンジにかけて、おかゆを作る準備を始めた。

「……すまない」

「もう、謝らないでください。体調を崩したのは、東条さんのせいじゃありません」

「だが、俺が勝手なことをしたのだから、俺のせいだろう?」

違いますよ、と言うのは簡単で。

だが、彼が自分に対してしてはいけないことをしたのも事実で。

「…………具合が悪いときは、余計なことを考えないほうがいいんです。お水、もっと飲めますか?」

「ああ」

空になったグラスを受け取り、水を注いでからテーブルに置く。触れた指先が、ひどく熱かった。

「おかゆを作ってきます。起き上がらないで、ちゃんと寝ていてくださいね」

「……ありがとう」

ひたいに貼るタイプの熱冷却シートでもあればいいのだが、残念なことに準備がない。小さな土鍋に水と解凍した白米を入れて火にかけると、結衣は洗面所でタオルを濡らした。

「おでこに、冷たいタオルを載せますね」

声をかけたが返事はなく、隼世は無言でわずかに首を縦に振る。見た目以上に苦しいのかもしれない。エアコンの温度を上げたいところだが、加湿器を持っていないため、あまり部屋を乾燥させるのもよくないだろう。

どうしようか、と考えて、結衣はクローゼットの手前に落ちたままになっている、彼へのクリスマスプレゼントに目を留めた。

渡せるはずのない、マフラー。

躊躇なく、ラッピングを破る。深いネイビーブルーのマフラーを手にとると、隼世のもとへ戻り、彼の首元にかけた。

——首とつく場所を温めるといいって聞いたことがある。首、手首、足首……

見れば、彼は靴下を穿いていない。急いで買い物袋から靴下を取り出し、大きな足に穿かせる。男性の足にこんなふうにさわるのは、生まれて初めてかもしれない。少なくとも、幼少期に父の足にさわった記憶はなかった。

「これ、は……？」

目を開けた隼世が、マフラーを気にしてこちらを見上げる。

「新品なので、汚くないですよ」

「いや、さっき、包装紙を破っただろう？　誰かにあげるものじゃなかったのか……？」

目を閉じていると思っていたのだが、彼はそんなことにも気づいていたのか。

「いいえ、あげる予定はなかったんです。だから、気にしないで使ってください」

「…………そう、か」

グツグツと土鍋が煮えてくる。

隼世が目を閉じたのを確認して、結衣は小さなキッチンに立った。

ネギを刻んで、種を除いた梅干しを叩いて、栄養を考えると卵も落としたほうがいいかもしれない。

おかゆができたときには、隼世は寝息を立てていた。無理に起こすよりも、起きたときに食べてもらったほうがいい。

テーブルに鍋敷き代わりの雑誌を置き、その上に土鍋を載せる。時計の針は、午前五時を示していた。さすがに、あくびが出る。

——どうしよう。うちには、ほかに寝具はないし……。

とりあえず、あまり使っていなかったクッションをベッドのそばに置き、腰を下ろした。

冬物のコートを二枚かけて目を閉じると、疲れていたのかすぐに意識が薄れていく。

カチコチと、時計の秒針の音。祖母の家から持ってきた古い時計だ。

ひとりではない部屋が、なぜかとても暖かく感じるのは気のせいではなかった。

――今夜だけ。今夜だけは、そばにいてもいいはず。だって、東条さんを追い出すことも、わたしが出ていくこともできないんだから……

折しも、今日は仕事も休みだ。多少寝坊したところで困ることもない。

雨音に耳を澄ませて、結衣は三角座りのままで膝にひたいをつけて眠った。


「――……い、結衣、そんなところで寝ていたら風邪を引く」

隼世の声に、結衣は寝ぼけたままで小さく笑う。

――おかしな東条さん。風邪を引いているのは、あなたのほうなのに。

「それはそうだが、きみのベッドを奪って風邪を引かせたら、俺の夢見が悪い」

――でも、ベッドはひとつしかないんですよ。それに、そのベッドじゃふたりは寝られないでしょう？

「……寝ようと思えば、ふたりでも寝られる」

その言葉と同時に、結衣の体が抱き上げられた。

「……えっ？」

夢現《ゆめうつつ》に聞いていた彼の声は、現実だったらしい。さらに、心の中で答えたつもりの言葉は、実際に声に出ていて。

「何もしない。きみが嫌がることは、何も……」

隼世は、結衣を抱いたままでベッドに横たわる。ぎし、とソファベッドが軋みをあげた。

通常のシングルベッドより、幅の狭いソファベッドだ。小柄な結衣ならば、ひとりで寝てもじゅうぶんな広さだが、逞しい体格の隼世とふたりで並んで寝るには無理がある。

そう、思っていた。

だが。

「……あ、あの、これはちょっと……」

隼世の胸にぎゅっと抱きしめられた格好で、結衣は顔を真っ赤にして身をよじる。

「動くと落ちる」

「でも……」

「何もしないと言っただろう。約束は……守るよ」

ひたいに、彼の吐息が熱い。シャワーを浴びたはずの肌から、まだかすかに雨の香りがしていた。

「…………あの、おかゆがあります」

「ありがとう。起きてから食べる」

「じゃ、じゃあ…………おやすみなさいっ」

これ以上、近距離での会話は無理だ。結衣はそう判断し、ぎゅっと目を閉じる。狭いベッドで密着した体が、彼の体温に反応するように火照《ほて》っていく。目を閉じても、感覚すべてを遮断することなどできはしない。何より、彼の胸から聞こえてくる鼓動が自分と同じくらいに速いのだ。

——東条さんは熱があるから、きっと心臓がいつもより速い。うん、それだけ。

ならば、自分は。

熱のある彼と同じくらいに、胸が早鐘を打っている。

意識してしまうのは、どうしようもない。初めて体を許した人、そして初めて心をすべて預けたいと思ってしまった人。

けれど、彼はほかの女性の婚約者だ。隼世は婚約を解消しようとしているらしかったが、少なくとも解消したという話は聞いていない。

——由花子さんとの約束は、ふたりが婚約を解消しても守るべきなのかな。

ふいに、ひどくずるいことを考える。約束したのだから、ふたりの関係がどうなったところで自分は富良野での出来事を隼世に言うべきではない。わかっている。わかっているけれど——

結衣とて、聖人ではないのだ。

自分が隼世にふさわしい女性ではないと知っていても、もし彼が由花子と破局した場合には、すべてを打ち明けたい気持ちだってある。そのくらい、あってもおかしな話ではないだろう。

――いけない。これじゃ、誰かの不幸を願っているのと同じだ。

もしも。

結衣が笑うときに誰かが泣くのだとしたら、結衣は笑わない人生を選ぶ。常に天秤の片方だけが幸福を享受できるのならば、自分は報われない側でいい。

人を傷つけてまで、自分を貫く気持ちなど結衣には毛頭なかった。それを偽善だと言われる可能性も知っていてなお、彼女は一歩下がることを選びたいと考えている。

――だいじょうぶ。だって、わたしを幸せにできるのはわたしだけなんだもの。誰かに頼って、幸せにしてもらいたいなんて驕《おご》ったことは考えない。たとえ好きな人がほかの誰かと幸せになっても、わたしがそれで不幸になるわけじゃないんだ。

傷つけられることに慣れるというのは、痛みに鈍くなることではなかった。痛いことを我慢するのに慣れるだけで、自分が「痛い」と口にすれば、自分を大切にしてくれる人々を心配させてしまう。

だから、結衣はかかえた痛みの分だけ、せめて自分が他者を傷つけないことを優先してきたつもりだ。自分より、相手の幸せを――

けれど、それこそが驕り高ぶった考えではなかっただろうか。

――由花子さんを傷つけないために、わたしは今、もしかして……

隼世を傷つけている、その可能性。

首筋が、ぞくりと冷たくなった。

誰かを選ぶということは、誰かを切り捨てることにほかならない。当初、結衣は信じていた。由花子が隼世を幸せにしてくれるのだと、心から信じていた。自分よりも、後ろ盾と立派な家族のいる由花子のほうが、彼にお似合いなのだと。

「……は………」

心が軋むほどせつない吐息が、聞こえてきた。

短く、けれどそれはどうしても吐き出さずにいられなかった想いの破片。

――東条さん、ごめんなさい。由花子さん、ごめんなさい……

彼の胸に顔を寄せて、結衣は息を殺す。

気づいていないわけではない。密着した彼の腰に、漲《みなぎ》る熱があること。そして、自分の体もまた、彼を欲していること。

洋服の下には、当然ブラジャーをつけている。それなのに、カップの内側で敏感になった胸の先端がこすれて痛い。痛いくらいに、感じている証拠だ。

――どうして、わたしはこの人に欲情してしまうんだろう。

そして、彼もまた。

結衣を抱きしめて、眠れずにいる。

目を閉じていても、身動きひとつとらなくても、互いが互いを意識してまんじりともせずにいるのがわかってしまう。

触れてほしかった。彼の求めるままに、自分を差し出せるものならいくらでも負ってほしかった。心の底の底から、結衣はそう願っている。

いや、そんな言い方はずるい。

結衣のほうが、隼世を欲しているのだ。

この男に抱かれたいと、本能が告げている。ほかの誰でもない。東条隼世に、女として抱かれたい。彼の劣情を受け入れ、狂おしいまでの熱で自分のすべてを奪ってもらえたら、どんなにいいだろう。

「……眠れない、ですか？」

結衣は、小さく問いかける。

「きみもね」

わかっていたかのように、隼世が答える。

パーカーの胸元を、両手でぎゅっとつかんだ。口に出したら、引き返すことはできない。わかっている。わかっている。だが、それはほんとうにわかっているのだろうか。わかっているつもりでしかないのかもしれないのに、告げていいのだろうか。

「……手、で」

そこまで言っただけで、彼は何かを察したらしかった。

「無理はしなくていい。それに、俺だけが満足させてもらうのは嫌だ」

「でも、このままじゃ東条さん、眠れないですよね……？」

きつくつかんだパーカーから、なんとか指を引き剝がす。その手を、そろそろと彼の下腹部へ移動させた。

「……っ、結衣、きみは」

「わたしが、そうしたいんです。理由は聞かないでください……」

スウェットパンツの上から、そっと昂りに触れる。結衣の指先がかすめただけで、隼世のものが先端を震わせた。

「あの、このましたらたぶん、汚れてしまうので……」

「……ああ。わかっている」

彼が腰を上げ、スウェットパンツと下着をずらす。すると、結衣の手のひらに雄槍がずしりと重さをかけてきた。

「っっ……」

なんて恥ずかしいことを提案したのだろう。しかも、それを後悔していない。彼に触れていることで、結衣はますます悦びを覚えているのだ。

「……じょうずにできなかったら、ごめんなさい」

ベッドサイドには、ボックスティッシュもある。意図したわけではなかったが、準備は万全のはずだ。

脈を打つ劣情をきゅっと握り、ゆっくりと根元から先端までを扱く。発熱のせいだけではなく、それは手指にジンと男の熱さを伝えてきた。

「……っ、は……」

薄闇の中、眉根を寄せた隼世が小さくうめき声を漏らす。

「気持ちいい……ですか？」

「聞くなよ、そんなこと。愚問だろう」

「ご、ごめんなさい……」

見えないからこそ、こんな大胆なことができる。彼のものが今、どんなに猛っているのか。手の中で脈を打つのはわかっていても、その姿を結衣は目で確認していない。

次第に、彼の先端が濡れてくる。先走りの液体で、動かす手がスムーズになってきた。もっと加速したほうがいいのかと考えた刹那――

「……やっぱり、駄目だ」

「え……？」

強引に、結衣の体が反転させられる。

彼の胸に背をつけた格好で、戸惑いに顔だけを隼世に向けた。

「気持ちよくなかったですか……?」

「そんな悲しそうな声で、ひどいことを聞かないでくれ。気持ちいいよ。たまらない。だから、耐えられないんだ」

あるいは、自分のしたことは彼を不快にする行為だったのかもしれない。真実を明かさず、理由を問うことも拒絶した上で、その劣情に触れるだなんて――

「……っ、あ、と、東条さんっ……」

唐突に、結衣のスカートが、腰までめくり上げられた。

「怖がらないでいい。きみを抱くわけじゃない。ただ――一緒に」

下着のウエスト部分に、彼の指がくいっとかかる。熟れた果実の薄い皮を剝くように、下着がくるりと腿まで下ろされてしまう。

「だ、駄目です。挿れちゃ駄目……」

「逃げないで。言っただろう。抱くわけじゃない。少しだけ、一緒に気持ちよくなりたい。俺を拒絶しない、きみと」

やわらかな内腿に、隼世の楔がぬぷりと割り込んできた。宣言に違わず、彼は蜜口への侵入を試みてはいない。

――だけど、これじゃ……

触れられてもいなかったのに、結衣の体が潤んでいたことを知られてしまう。

「……結衣」

首筋に息がかかる。強く抱きしめられているわけではないのに、腰に回された腕から逃げられない。

「……ゃ、ぁ……っ」

彼の手に自分の手を重ねて、結衣はせつなく疼く欲望に目を閉じた。

「結衣、結衣……」

ただ、名前を呼ぶだけで。

彼の心が伝わってくる気がする。

濡れた間を縦にこすり、彼は何度も腰を揺らす。激しいわけではない。強引なわけでもない。濡れた柔肉が、しっとりと彼を包み込んでいるのを、お互いにたしかめるような動きだった。

「ど……して……」

せつなさに、声が震える。

どうして、彼にだけ自分は淫らになってしまうのだろう。今とて、ほんとうはそこをこするだけではなく、体の内側に彼を受け入れたいと願ってしまっている。

「どうしてだろうな。俺にも、もうわからない。どうしたら、きみは俺を受け入れてくれるのかなんて……」

背に、彼の心音が響いていた。

内腿の間に、彼の脈動が感じられていた。

そして、泣きたいほどに心が満たされていく長くて短い、永遠の終わり。

これはきっと、二度と起こることのない奇跡の夜なのだろう。

——だから、神さま。今夜だけ見逃してください。これ以上のことは望みません。朝になるまで、彼と一緒にいさせてください……

やがて、隼世が吐精する。

あふれた蜜と白濁で、結衣の太腿はぐっしょりと濡れていた。

「……………すまない。すぐに拭くから」

「いいんです。起き上がらないでください」

上半身を起こしかけた彼を押し留め、結衣はベッドから下りる。

「もう、朝ですね。シャワーを浴びてきます」

「だが」

「東条さんは、休んでいてください。お腹が減ったら、おかゆを温めて食べてくださいね」

彼の返事を待たず、結衣は洗面所へ向かう。狭いワンルームのアパートだ。壁を隔てたところで、彼との距離はそう離れていない。

服を脱いで、洗濯機に放り込む。

内腿から足首まで、彼の放ったものが肌を伝う感触。

結衣は奥歯をきつく噛んで、急いでバスルームに飛び込むと鍵をかける。

シャワーのコックをひねり、すぐには適温にならない冷水のまま、頭からそれを浴びた。

「……ぁ、ああ、あ……っ……」

あと一秒でも遅かったら、きっと泣き声が彼に聞こえてしまっただろう。

全身から、熱が逃げていく。

彼のぬくもりが、消えていく。

触れられた肌を洗い流したところで、胸を焼く激情を冷ますことはできなかった。

結衣は泣きながら、シャワーをひたすらに浴び続ける。やがて温かな湯が彼女を濡らし、目を閉じるとシャワーの音なのか、外の雨の音なのか区別がつかなくなっていく。

――ごめんなさい、由花子さん。ごめんなさい、もう約束を守れそうにありません。

せめて。

彼女に、これ以上約束を守れないと謝罪してから、隼世に話をしたい。結衣はそう思った。

第四章　愛情の輝線　～東京・富良野～

翌朝、空が明るくなるのを待って隼世は帰っていった。もちろん、迎えの車に乗って帰ったのであって、歩いて駅へ向かったわけではない。結衣は、帰り際の隼世にマフラーを差し出した。

「良かったら、していってください。寒いですから」

「いいのか？　誰かにあげるものじゃ……」

黙って首を横に振った結衣に、彼はそれ以上尋ねなかった。

一晩たっても熱は下がらず、必ず病院へ行ってほしいと伝えたけれど、その後隼世がどうしているかは知らない。

結衣は、銀座にある喫茶店で由花子を待っているのだから。

話があるとＳＮＳでメッセージを送ったところ、指定された場所がここだった。コーヒー一杯の値段が、『.K』の四倍もする。

約束の時間を過ぎて、三十分。

結衣の前に置かれたコーヒーがすっかり冷めたころ、由花子は姿を現した。

九センチはありそうなピンヒールのロングブーツと、これまで見たこともないような短いスカート。いつもは黒髪を下ろしていたが、今日は華やかに結い上げて、毛先を美しく巻いてある。

席に座るや否や、由花子は「それで?」と言った。挨拶もない。ふたりの間に、そんなものは不要だと態度が物語っている。

「あの……由花子さんとのお約束について、です」

「約束、ね。なあに、もしかして、もうバラしたの? 自分こそが富良野で隼世さんの面倒を見ていた健気な田舎者の娘です、って?」

服装だけではなく、口調や声までが別人のようだ。よく見れば、メイクもずいぶん派手である。

「いえ、まだ言っていません。でも、これ以上嘘をつくのは無理なんです。約束すると言ったのに、ほんとうに申し訳ないんですが……」

そこに、ウェイターが注文を取りに来た。

由花子はメニューを見ずに、ちらりと結衣に目を向ける。

「そうね、カフェインはお腹の子に悪いから、ハーブティーをいただこうかしら」

「かしこまりました」

ウェイターは、一礼すると席を離れた。

結衣の顔からは、完全に血の気が引いている。聞き間違いではない。由花子は今、『お腹の子に悪い』と――

「やだ、何をそんなに青ざめているの？　ねえ、あなた、婚約者ってどういう意味かわかる？　結婚を誓った仲っていうことよ。つまりはね、隼世さんとわたしがそういうことをしていても、なんにもおかしくないってこと。そうでしょう？」

ああ、と心の声が自分の内側で聞こえた。

それは、悲鳴にも、嘆息にも、諦観《ていかん》にもとれるような声だった。

「それで、あなたはどうしたいの？　婚約を破棄しようとしている隼世さんを焚き付けて、わたしの子どもから父親を奪う？　だけど、隼世さんはどうするかしらね」

「……ほ、んとうに、その……」

小さくかすれた声が、今にも消えそうに震えている。

「ひどい。隼世さんの子かどうか、疑うつもり？　あなたって、ほんとうに下賤《げせん》で浅はかで下卑《げび》た女ね」

罵られても当然だ。

結衣は、疑った。由花子が妊娠していると言ったことも、そしてその子どもの父親が隼世であるということも。

疑ったというより、そうであってほしくないと願ったのかもしれなかった。

「ねえ、あなたが富良野で隼世さんと一緒にいたことを証明するものなんて、あのハンカチ一枚なのよ？　それで、彼の将来を棒に振らせるなんて、何様のつもりかしらね。わたしだったら、彼の会社を後押ししてあげられるわ。なんなら、彼が望むなら政治家になる道だって用意できる。だけど、あなたは何ができるの？」

「わ……たし、は……」

膝の上で、関節が真っ白になるほど握りしめた手が震えている。

「うふふ、きっとそうね。隼世さんとベッドをともにするくらいはできるんでしょうね。いいわよ。なんなら、愛人として認めてあげる。だけど、絶対にあの人は返してちょうだい。だって、この子の父親なんですから」

平らな腹部を撫でさする左手の薬指には、キラキラと輝く宝石のついた指輪があった。それこそが、彼女がまだ隼世の婚約者であるという証しだ。

いや。

そんなものがなくても、もう結衣は隼世に真実を告げるつもりなどなくなっていた。

——あのハンカチだけが証拠……。そう、そうかもしれない。あとは、わたしがもらった名刺と、洋館の鍵と……

郵便受けに残してきた、彼への手紙。

結衣はそれを思い出して、はっと顔を上げる。

「な、何よ。そんな怖い顔して……」

「由花子さん」

テーブルの上に身を乗り出し、結衣は由花子の手を強引に両手で握りしめた。

「わたしが間違っていました。あなたを傷つけたこと、心からお詫びします。どうか……元気な赤ちゃんを産んでください……」

——そして、東条さんを幸せにしてあげてください。

後半は、声に出すことはできなかった。きっと、みじめに泣いてしまう。

「あなたなんかに言われなくたってそうするわよ！」

「……コーヒー代、ここに置きます。わたし、これで失礼します。呼びつけてごめんなさい。どうぞ、体をいたわってくださいね」

いつものデイパックを持って、結衣は店を出た。

土地勘のない銀座の街を、来たときと逆にたどっていく。その間ずっと、喉まで心臓がせり上がってきたような感覚が続いていた。

ひどい耳鳴りとめまい。

膝はガクガクと震え、気を抜くと奥歯がカチカチと音を立てる。

それでも、結衣にはやることがあった。やらなければいけないことがあった。

――東条さんは、手術のあとすぐに由花子さんと会って、婚約を決めたと聞いている。だったら、富良野には行っていない。そうだ。あの手紙を、処分しなくちゃ……

そのあとのことは、あまりはっきりと覚えていない。表参道の勤務先へ行き、店長に頭を下げて明日からの急な休暇を頼み込んだ。

「いや、そんな急に言われてもさあ……」

とりなしてくれたのは、勝義の妻の花江だ。

「ねえ、結衣ちゃんがこんなに頼むことなんて初めてだよ。オープン前から、ずっとがんばってきてくれたんだもの。少しくらい休みをあげたっていいじゃない」

「花江、おまえなあ」

「いいの。わたしが決めた！　結衣ちゃん、顔を上げて。明日から一週間、あなたはお休み！　代わりはわたしが入るし、足りないところはバイトの子に連絡するから」

優しい手が、肩に乗せられる。

いつだって、誰かに助けてもらってばかりだった。恩返しをすることもできず、結局自分は人の足を引っ張るだけの存在だ。

「花江さん……、ありがとうございます……」

「そんな泣きそうな顔をしないで。理由は聞かない。だから、帰ってきたらまた笑顔の結衣ちゃんに戻って、ね？」

「……はい。必ず」

今は、きっともう笑えない。

だけど、雨は必ず上がる。夜はいつか朝になる。悲しみは、時間が癒やしてくれる。

――わたしはわたしを治すことができるけれど、東条さんと由花子さんの赤ちゃんを幸せにするのは、わたしじゃない。

自分にできることは、最初から限られていた。

結衣は、店を出るとその足で旅行代理店へ向かい、明日のチケットを頼む。ところが運悪く、クリスマスも近い週末のチケットは、完売状態だった。

「どの便《びん》でもいいんです。時間も、何時だってかまいません。旭川行きが無理なら、新千《しんち》歳《とせ》行きでも……」

「お客さん、そうは言っても明日はもう無理だよ。ほら、満席でしょ？」

タブレットの画面を結衣に見せ、若い男性店員がそう言う。

そのとき、ピッと小さな音がして、画面に「キャンセルがあります」と文字が表示される。

「あれ？」

店員は、急いでタブレットを操作した。

「運がいいなあ。明後日の早朝に空きができた。羽田から旭川まで、一枚。すぐ予約入れますよ」

「お願いします」

旭川空港から富良野駅前までは、ラベンダー号というバスが出ている。結衣が東京へ出てくるときも、そのバスを利用したから覚えていた。片道、おおよそ六十分ほど。本数はあまりないけれど、旭川空港近隣で待つのは苦にならない。

とにかく、早く。

一秒でも早く、富良野へ戻らなければいけない。

結衣は、一時金を預けてすぐに銀行のＡＴＭへ行き、飛行機のチケット代を下ろして旅行代理店へ戻った。

誰のためでもない。

寂しかった自分の幼少期を思い出せば、どうすべきかは自ずと決まっていた。

それしか、方法はないと知っていた。


♪。+.ﾟ.o.+ﾟ。♪。+.ﾟ.o.+ﾟ。♪

結衣のアパートをあとにした隼世は、TJコンチネンタルホテル東京の部屋へ戻り、医者を呼んで薬を処方してもらった。あとは、ただ眠るしかない。

しかし、二十時を過ぎたところで電話が鳴った。体調不良なのだから、無視してもかまわない。何より、まだ心の奥深くにしみついている結衣の残り香が、体の動きをひどく緩慢にしていた。

けれど、電話はしつこく鳴り続ける。

諦めてスマートフォンの画面を見れば、そこには『城月誠一』の名が表示されていた。

——まさか、結衣に何かあったのでは。

考えるよりも早く、隼世は電話に出ていた。

「はい、東条です」

『東条さん、城月です。急にすみません』

「いえ。先日は、申し訳ありませんでした。先生にはご迷惑をおかけし——」

言いかけた言葉を、『それはいいんです』と誠一が遮る。温厚な彼が、相手の言葉を遮ってでも何かを伝えようとするのは珍しい。

『結衣ちゃんが……妹が、富良野へ行こうとしています』

「……それは、帰省という意味でしょうか」

普段なら、もう少し頭も回っただろうが、さすがの隼世も風邪で寝込んでいたのだ。珍妙な返答をするのも仕方がない。

『いいえ。ただ、富良野へしばらく行ってくると、電話があったんです。それから、何度かけてもつながらなくて。アパートにも行ってみたんですが、帰っていないようなんです』

バネじかけの人形のように、隼世はびくっと体を震わせて上半身を起こした。

「それは何時のことですか？」

『夕方の、ああ、何時だったろう。たぶん十七時かそのくらいだと思うんだけど……』

三時間が過ぎている。

東京から富良野への移動は、羽田から旭川まで飛行機で移動するか、もしくは新千歳まで移動するかして、地元のバスか電車に乗るよりない。正確に言えば、フェリーや新函館《しんはこだて》北斗駅《ほくとえき》までの新幹線を使うルートもあるけれど、飛行機が有力だろう。

『……何か、心当たりはありませんか？　結衣ちゃんが急に富良野へ行くだなんて、僕には何がなんだか……』

「わかりません。ですが、彼女のことは必ず見つけます。見つけ次第、先生に連絡しますので」

『東条さん！』

すぐに電話を切って、結衣の居場所を探す手配をしようとした隼世の耳に、なかば悲鳴にも似た誠一の声が響く。

『妹を……妹をもしあなたが傷つけたのだとしたら、きっとほんとうの意味で救うことができるのもあなたなんだと思います。結衣ちゃんは、いつだって我慢ばかりしてきた。ほしいものなんて一度だって言ってくれたことがない。あの子は、いつも諦めることばかりうまくて……』

彼女の生い立ちを、隼世は知らない。

だが、結衣の優しさと寂しさは知っている。だからこそ、彼女が愛しくてたまらない。

「俺は、たしかに結衣さんを傷つけたと思います。そのことについては、深くお詫び申しあげます。だが……彼女のことを——」

その先は、ほかの誰かではなく結衣にだけ告げるべき言葉だ。隼世は、唇を噛む。

『連絡、待ってます。こちらでも何かわかったら、東条さんに電話します』

「ありがとうございます。よろしくお願いします」

今度こそ電話を切り、隼世は勤務時間外だと承知の上で秘書を呼びつけた。

明後日の飛行機で、結衣が旭川へ飛ぼうとしていることがわかったのは二十三時を過ぎたころだった。どれほど急であっても、懇意にしている調査会社の調査員は迅速に仕事をこなしてくれる。

「それで今、彼女はどこに?」

ホテルのソファに座る隼世が尋ねると、調査員の男性が「わかりません」とうつむいた。

「わかりません、じゃ話にならないだろうが。子どもの使いでもあるまいし、それを調べるのが仕事じゃないのか！」

「申し訳ありません、東条社長。ですが、この短時間で現在の居場所までは——」

相手の言っていることも当然だ。隼世とて、これが八つ当たりだとわかっている。

「——なんにせよ、明後日の早朝の便で旭川へ向かうというのは事実なんだな」

「はい。チケットを購入していましたので、それは間違いなく」

「現在の彼女の居場所を、継続して調査してくれ。それと、プライベートジェットの手配を」

後半は、秘書に向けて命ずる。

本来、隼世が利用しているプライベートジェットの会社は、二日前までに予約を入れる必要があった。

「社長、もうこの時間です。手配は明日になりますので、早くとも明後日の出発は難しいかと思われますが」

「俺はできるかどうか尋ねたわけではない。手配をするよう命じた」

「……かしこまりました」

高圧的な自分を見たら、結衣はきっと眉をひそめるだろう。それとも悲しい顔をするだろうか。

——だが、これも俺だ。きみを失うことが何より恐ろしくて、きみを探すためなら私財をどれだけ擲《なげう》ってもかまわない。結衣、きみはいったいどこにいるんだ。

夜が、これほど長いと感じたのは生まれて初めてだった。解熱剤が効いていても、体はひどくだるい。水分を摂取するのがやっとで、食事も喉を通らなかった。

翌朝、秘書が夕方に旭川行きのプライベートジェットをチャーターしたと報告してきたとき、隼世は大きなため息をついた。これで、富良野への道筋はできた。旭川から富良野までの移動についても、秘書は前もって車と運転手を手配している。

「それと、菅原さまよりお電話がありまして、本日お会いになりたいとのことでしたが、いかがされますか？」

「……悪いが、今日は誰にも会えない。緊急性の高い仕事については、常務に一任すると伝えてある」

「かしこまりました。では、菅原さまにはお断りのお返事をいたしておきます」

「ああ、すまない」

昨晩からのひどい態度を含めて、隼世は秘書に謝罪の言葉を口にした。

「いいえ、我が社の社長がこれほど取り乱すことはそうそうありません。よほど、一大事なのでしょう」

物分かりのいい秘書というのは、察しのいい秘書でもある。

「今回の件はどうぞお気になさらず。ですが、賞与に色をつけてくださるというのなら、私は喜んで頂戴いたします」

「……考えておくよ」

ふっと笑った隼世に、秘書が一礼して部屋を出ていこうとする。しかし——

エレベーターが、一階に戻っている。

ペントハウス専用エレベーターは、一般客が利用することができないようになっているため、誰かが上がってきたらそのままとどまっているのが常だ。

「どういうことだ？」

「いえ、私にはわかりかねます。朝食のオーダーをされたということはありませんか？」

「していない」

むしろ、何も食べる気になれない。

数秒か、あるいは十数秒かののち、エレベーターはいつもと同じく音もなく最上階に到着する。

そこから顔を出したのは、今日の面会の申し出を断ると言ったばかりの相手だった。

「おはようございます、隼世さん」

白いコートに、ふんわりとやわらかなストール、黒髪を肩にたらした彼女が、破談の話し合いのことなど忘れたような笑顔でそこに立っている。

「萱原さん、どういうおつもりですか？」

「どういうって……あの邪魔な田舎娘が富良野へ逃げ帰ると聞いて、今後のことをお話にきたんです」

口調こそ、以前の由花子と違いはない。だが、その発言内容は萱原家の令嬢にふさわしくない。まして、隼世を相手に言うことではないだろう。

「あら、どうしてわたしが知っているのか、困惑してらっしゃいます？　うふふ、隼世さん、わたしの家を見くびられては困ります。こう見えても、萱原の娘なんですから」

「だから、どうした」

結衣の富良野行きに、どんな意味があるのか。隼世には、当然まだわかっていない。

だが。

あるいはこの女が、一枚嚙んでいるのではないだろうか。隼世の勘が、そう告げていた。

「千原さんは、ご自分から身を引いてくださったんです。わたしが、ここに」

由花子が、そっと腹部を撫でる。その左手に、かつて贈った婚約指輪がやけに忌々しく輝いていた。

「子どもがいると言っただけで、すぐに信じて逃げ出したんです。あの程度では、ＴＪコンチネンタルホテルグループの社長夫人なんて務まりません。まして、東条一族を背負って立つあなたに、あんな無学な女がふさわしいはずありませんから」

「なん……だと……？」

身の毛もよだつとは、こういう感情を言うのか。隼世は、目の前の華奢な女性を睨みつけ、その外見とは裏腹な禍々《まがまが》しい本性に歯ぎしりする。

「子どもなんてできるはずもない。もしできていたとしても、それは俺の子ではない。誰より、きみが知っていることだろう！」

「ええ。だって隼世さん、わたしにキスすらしませんでしたものね。それが、どれほどわたしのプライドを傷つけたかご存じ？　このわたしを！　苣原由花子を！　あんな女の身代わりにしたんですよ！」

彼女の言い分に耳を貸す気などあるわけもなく、隼世はさっさとエレベーターへ向かう。由花子が出ていかないなら、自分が出ていく。それだけのことだ。

「逃げるんですか。あの女と同じですね。隼世さん、あなたはわたしを傷つけるだけ傷つけたんだわ。わたしを選ぶべきだった。あんな女ではなく、このわたしを！」

「黙れ！」

怒りの矛先を壁に向け、隼世は思い切り拳を叩きつける。その場所が悪かった。運悪く、鏡の設置された位置に彼の拳が当たる。大きな音がして、鏡が放射状に割れた。

「社長っ」

鏡の破片が刺さった隼世に、秘書が慌てて駆け寄った。右手が、焼けるように痛い。だが、そんな痛みはいくらでも耐えられる。

「結衣が、どんな想いで身を引いたか、おまえにはわからないのか!?　嘘に嘘を重ねて、彼女を傷つけたのは――」

「あなたとわたしだわ。わたしだけの責任ではないのよ。だから、せめてわたしへの責任はとってくださらない？　子どもは今から仕込めばいいだけですもの。簡単でしょう？」

コケティッシュな所作で、由花子がコートを脱ぐ。第三者がいる場所で、性的な行為をにおわせるこの女を、隼世は心の底から嫌悪した。

「……残念だが、何をされても無理だ。俺は、あなた相手に勃つとは思えない」

「なっ……!!」

さすがに、由花子の顔色が変わる。

彼女は自身の外見に、そして祖父と父の名前に、よほど自信を持っていたに違いない。そうでなければ、自分を餌にして男を釣るなんて考えるはずがなかった。

「いや、あなたの高い高いプライドを傷つけないために一応言っておこう。俺は、彼女以外の女を抱く気などない。もし、結衣が俺を選ばなかったとしても、ほかの女など触れるだけで吐き気がする。まして菅原由花子、あなたに対しては嫌悪感しかない。俺にとって、女性というのはこの世でただひとり、千原結衣だけだ。これまでも、これからも、俺はあなたを愛することは決してない。どうだ、ここまで言えば物分かりの悪いご令嬢にも理解してもらえるか？」

目を見開いた由花子が、何か言おうと口を開く。しかし、形良い唇からはなんの言葉も出ては来なかった。

「この部屋が気に入ったなら、いくらでもいればいい。代金は慰謝料として支払ってやる。だが、俺の女に次に手出ししたら、俺は全力で菅原の家を潰す。——その意味がわからないなら、好きにしろ」

手から血を流したまま、隼世はエレベーターに乗り込む。慌てて秘書が同行した。

残された由花子は。

「…………あんな価値のない女に入れ込む男、こっちから願い下げよ！　最低！　ほんとうに最ッッ低!!　誰があんたなんかと結婚なんかしてやるものですかっ！」

金切り声をあげて、部屋に飾られていた花瓶を床に叩きつけた。

♪。+.o.+。♪。+.o.+。♪

十二月の富良野は、一面の銀世界だった。

頬に当たる風の冷たさが、どうしてか懐かしく思える。生まれた場所は違えど、この町が結衣の故郷《ふるさと》なのだと、改めて感じた。

午前八時二十分に旭川空港に到着し、十時十分発のラベンダー号に乗って、結衣は富良野へ帰ってきた。

飛行機のチケットを手配し、旅行用の荷物をまとめてアパートを出て、誠一にしばらく留守にすることを伝えたあとは、ビジネスホテルに滞在した。もとより、早朝の羽田発の飛行機に乗るためには、前日から羽田の近隣にいる必要があった。

一泊でいいのはわかっていたが、隼世と一晩を明かした部屋で、彼の眠ったベッドで、ひとりで夜を過ごす自信がなかった。だから、羽田空港まで移動しやすいビジネスホテルに二泊し、そのまま富良野へやってきたのである。

スマートフォンの電源は、切ったままだ。

びゅう、と強い風が吹く。

除雪車の通ったあとに、また雪が降ったらしく、道路には早くも新たな雪が積もりはじめていた。ところどころに散らばる融雪剤《ゆうせつざい》も、すべての雪を溶かすことはできない。

手袋をはめた両手を口元に当て、ほう、と息を吐く。

どこかの家の屋根から飛ばされてきた雪を見上げて、まるで自分の恋のようだと思った。

雪は美しい。冷たくて、優しい。そして残酷で恐ろしい。それでも皆、雪の美しさに魅せられる。

――春になれば、消えてしまう。永遠に残ることなんてできない、そういうものだったんだ。

やわらかな雪を踏んで歩いていく。

祖母の家に戻るよりも、まずは隼世の住んでいた洋館へ行き、あの手紙を取り戻さなくてはいけない。

そのために、富良野へ来た。

あの手紙さえなくなれば、自分が彼と過ごした物証はなくなる。調査会社を雇えば、ある程度の特定はされてしまうだろう。由花子がしたのと同じように。

けれど、それは推測の域を出ない。

証拠は、すべて消してしまわなければ――

重い旅行用の鞄を手に、結衣はやっと洋館へ到着した。結局、表札に書かれている『矢来』の読み方すら知らないままだ。けれど、それでいい。もう彼と自分は、なんの関係もなくなる。

よくしてくれた勝義・花江夫妻には申し訳ないが、年が明けたら時機を見て仕事を辞めさせてもらうつもりだった。もちろん、後任への引き継ぎまではきちんとする。

――あの人がいる東京で、生きていくなんてきっとわたしにはできない。

未練がましい自分が情けないけれど、ときには自分を守ることも必要だと言い聞かせて。

結衣は、雪の積もった門扉に手をかける。蝶番の部分が凍っているらしく、開けるときに金属の軋みとは別の、パキパキと氷が割れる音がした。

郵便受けの小さな庇《ひさし》にも、雪が積もっている。手袋をはずし、素手でそれを払った。人様の郵便受けを勝手に開けることに、罪悪感がないとは言わない。だが、たとえ罪に問われてもあの手紙を置いておくことはできないのだ。

郵便受けを開けると、そこにはあの日、結衣が残した手紙だけがぽつんと入っていた。

「ああ、良かった……」

手を伸ばしたそのとき。

結衣の背後で、玄関扉が開く音がする。

「何が良かったんだ?」

振り返らずとも、声の主が誰かなんてわかっていた。それでも、結衣は振り返らずにいられなかった。

世界でいちばん、会いたくない人。

世界でいちばん、会いたくて会いたくて、会いたくてどうしようもない人。

「……東条さん、これは……」

「その封筒なら、中身は空《から》だ。便箋はここにある」

ふたつ折りにした便箋を、包帯を巻いた右手で隼世が軽く揺らして見せる。

「手を……怪我したんですか……？」

今、尋ねるべきはそんなことではない。わかっているのに、結衣は彼の包帯ににじむ血を見て、喉の奥がぎゅっと狭まる気がした。

「たいしたことはないさ。体の傷は、いずれ癒える。きみがそこまでして、俺とのことをなかったことにしようとしている現実に比べれば、痛みなんて感じない程度にな」

「つっ……それ、は……」

言い訳なんて、できなかった。

すでに手紙を読まれたあとだというのなら、結衣が昨年、この場所で彼と過ごした人物だということを裏付ける証拠は揃っている。

「嘘はもういらない。きみは、もう嘘をつく必要がないんだ。菅原由花子が妊娠しているというあの話も、そもそもただの出鱈目だ。俺は、一年前にきみを抱いて以来、ほかの女性を抱いたことなんて一度もなかった」

「え…………？」

由花子は、隼世の子どもを宿していると言っていた。

——それが……嘘だった……？

「婚約解消についても、彼女のご両親に正式に申し出て受諾の返事をもらっている。当人も納得したと、二時間前に連絡があった。それでもきみは、俺に嘘をつく必要があるだろ灰色の雲で覆われた空から、雪が降ってくる。結衣の肩に、頭に、手袋をはずした冷たい手に、密度の低い雪が落ちては、すうっと溶けた。

「もし、きみがもう一度違うと言ったら、俺はそれを信じる。きみが本気で決めて言う言葉なら、たとえ嘘だろうと信じるよ。一年前、すべてを失いかけていた俺に、生きる意味を教えてくれたのはきみだった。そのきみの決断を、俺は受け入れる。だから、」

隼世が、玄関前の段差をゆっくりと歩いてくる。もう、一年前とは違う。彼が雪で足を滑らせる心配をする必要はない。

「だから、もう一度だけ尋ねさせてくれ。結衣、きみは一年前にここで、俺のそばにいてくれた『彼女』なんだろう?」

彼の黒髪に、雪の結晶。

世界が、白く覆われていく。

「わたし、は……」

真実を伝えたいと、何度願っただろう。そのたび、彼の幸せのためには自分がそばにいてはいけないのだと、何度自分を戒めただろう。誰かを傷つけて、その上で幸せになろうだなんて間違ったことだ。由花子との約束、隼世の未来、そして何も持っていない、からっぽの自分——

「わたしは、からっぽなんかじゃない……」

「結衣？」

「ずっと、ずっとずっと、わたしはからっぽだった。自分を満たすものは、寂しさと忙しさばかり。何度も思った。行かないで、ひとりにしないで、わたしを置いて行かないで、って……」

ぼろぼろと、大粒の涙が結衣の頬を伝う。

しゃくりあげる喉が熱い。目の奥が熱い。鼻の奥も、胸の奥も、体の内側がひりつくような熱で焼けていく。

「だけど、わたし……わたしは、もうからっぽなんかじゃない。だって、わたしには好きな人がいます。その人が幸せでいてくれることを願うのが、ほんとうに、ほんとうに嬉しくて、だけど死んでしまいたいくらい、悲しくて……」

「結衣」

目の前に立った隼世が、結衣の頭に積もった雪を払ってくれる。大きな手は、一年前と何も変わらない。

「結衣、答えを――」

片方だけ手袋をしたままで、結衣は彼の頬を両手で挟む。

そして。

あの日、公園でしたのと同じく、唇の端をぺろりと舌先で舐めた。

「っ……!」

隼世が、目を瞠る。

泣き笑いで、結衣は彼を見上げる。

「東条さんは、相変わらずセロリが苦手ですか……?」

それこそが答えだと、隼世には伝わる。ふたりの共有した時間が、記憶が、会話が、そして愛情が、一瞬で蘇る。

「……ああ、苦手だ。あんなもの、一生食べるものか!」

彼は両腕で、結衣を強く強く抱きしめた。真っ白な世界に、ただふたり。残ったのは、真実の愛だけだった。

何度、彼を忘れようとしても。

何度、彼から遠ざかろうとしても。

心だけは、思い通りにならなかった。彼を想うたび、胸の痛みに涙を流し、その痛みすら快感になるほど彼を愛してきた。

「……もう離さない。きみがなんて言って逃げようとしても、俺は絶対に結衣から離れてなんかやらない」

耳元で、熱っぽくかすれた声が聞こえる。

「はい、離さないでください。わたしも、ずっとそばにいたいんです……」

「そんなかわいいことを言うな。今すぐ、ほしくなるだろう？」

それでなくとも、つい先日。

お互いに、ひどく焦れったい夜を過ごしたばかりのふたりだ。

「………も」

いつにもまして小さな声が、雪にかき消される。けれど、隼世はガバッと彼女を引き剝がし、その顔をじっと見つめてくる。聞こえたのかもしれない。聞こえていて、ほしい。

――もう一度言うのは、恥ずかしい……っ！

「結衣、すまない。俺の聞き間違いかもしれない。だから、もう一度言ってくれないか」

「～～～っっ、う、嘘、聞こえていたんですよね？」

「聞こえなかった。だから、もう一回！」

そう言われて、簡単に言える言葉ではないことを彼も知っているはずなのに。

「ああ、結衣が言ってくれないと、手が痛くて倒れそうだ。この痛みを散らすためにも、結衣、頼むから、もう一回言ってくれ」

「わ……」

「わ？」

ごくん、とつばを飲んで。

真っ赤な顔で、結衣は大好きな人を見上げる。

「わたし、も……東条さんのことが……」

ほしいです――

言い終えた瞬間に、唇がキスでふさがれた。

今までの、どんなキスとも違う。

舌を絡めずとも、彼が結衣をほしがっているのが伝わってくる、情愛のくちづけだった。

「あ、あの、待ってください。手はどうしたんですか？　怪我、してるんですよね？」

隼世が、結衣の肩を抱いて玄関へと連れ込む。ドアを閉めたとたん、彼はもう一度唇を奪った。

「ああ、怪我な。もう治った」

「えっ!?　だって、血がにじんでますよ。それに痛くて倒れそうって……」

「結衣がキスしてくれたら、すぐ治る。だから、治るまでずっとキスしててくれ」

「……それってつまり、まだ治ってないってことなんじゃ……ん、んんっ！」

再三のキスに、結衣は目を閉じる。

隼世は、手の怪我なんてたいしたことはないとでも言いたげに、彼女を抱き上げて螺旋階段をのぼった。

シャワーを浴びたいと告げると、即座に却下された。カーテンを閉めてほしいと懇願すると、そんな余裕はないと断られた。明るい部屋は恥ずかしいと言うと、

「もう全部見た。全部知っている。だから、何も恥ずかしがらなくていい。素直に俺をほしがってくれ」

そう、甘く囁かれてしまった。

逃げ場など、どこにもない。そもそも逃げる気もないのだから、別に問題はないのだが。

「そっ……それでも、やっぱり恥ずかしいんです……っ」

真っ赤な頬を隠すように、結衣が両手で顔を覆う。

「やれやれ。そういうところもかわいいよ、結衣」

左手の甲に、彼が唇を寄せた。甲から指の付け根へと、舌がねっとり這う。くすぐったさともどかしさに、結衣はびくっと体を震わせた。

「片方ずつ、手をよけてくれ。まずは左手だ」

細い手首をつかみ、隼世が優しく結衣の手を持ち上げる。目を閉じたままでいると、薬指に冷たいものが触れて――いや、触れたのではなく、はめられていく。

「と……東条さ……」

うやうやしく結衣の左手にキスをして、彼が微笑む。薬指には、薄紫色に乳白色をまぶしたような、得も言われぬ色合いの石をメインにした指輪がはめられている。

「ラベンダーヒスイという石だ。その中でも、結衣のイメージに合うものを選んで、作ってもらった」

「ありがとうございます……。でも、こんな高級そうなものいただけません」

「馬鹿なことを。婚約指輪としては、それほど高いわけでもない。俺がどうしてもこの石を、きみに身に着けてもらいたかったから選んだんだよ」

婚約指輪。

その言葉に、結衣はもとより大きな目をまんまるく見開いた。

「え、えっ……」

「ずっと一緒にいたいというのは、そういうことだろう？　それとも、結衣は俺と一緒にいたくないのか？」

もちろん、答えは明白で。

だからといって、いきなり婚約というのは気が早いのではないだろうか。

「東条さんのご家族に挨拶とか、結婚を許可いただいたりとか、そういう手順が……」

「そんなもの、どうだっていい」

「よくないです」

ころりと丸いラベンダーヒスイは、すべすべに磨かれていて、触れるとひんやりと冷たい。その周囲にはおそらくダイヤモンドと思しき宝石が並んでいる。

「もし、誰かが反対したら、俺は今の立場も会社も親も、すべてを捨てる。俺に必要なのはきみだけだ、結衣……」

下着姿の結衣に、彼が優しくキスを落とす。鎖骨に、それからゆっくりと胸の谷間に。

「……っ、あ！」

急に強く吸い付かれて、結衣は高い声をあげた。

「初めてのときも、ここにキスマークをつけた。あのときは、見えなかったけれどな。ちゃんとついていただろう？」

胸の膨らみに、赤い花が咲く。それは、彼の言うとおりあの日と同じ場所だ。

「覚えていてくれたんですね」

「忘れるはずがない。俺は、きみを抱きたくて今にも気が狂いそうな一年間を過ごしてきたんだ。さあ、食べられる覚悟はできたか？」

もし、生まれ変わりというものが存在したとして。

結衣が来世、セロリに生まれ変わっても、彼は愛してくれるだろうか。

——あれ。そもそも、東条さんは一度もわたしを好きだとは言ってない……よね？

ふいに、そんなことに気がついた。

彼は結衣をほしいと言う。かわいいと言う。抱きたいと言う。婚約指輪を与え、結婚したいと言ってくれている。

だが、そこに愛情の言葉はない。

「あ、あの、東条さん……」

「隼世だ。これからは、隼世と呼んでくれ」

ブラジャーのストラップを、左右順番に肩から下ろし、カップをくいっと下にずらされる。すると、すでに先端をぷっくりと膨らませた乳房が彼の目の前に飛び出した。

「やっ……」

反射的に、結衣は両腕で胸を隠して体を横向きにする。

横を向いたことで、背中が無防備になった。隼世は当然ながら、それを見逃さない。

「ひゃぁっ……！」

いともたやすく、ブラジャーのホックがはずされてしまった。

「ほら、手を下ろして。あの夜みたいに、素直になってごらん」

「う、うぅ……、隼世さんの、イジワル……」

涙目で見上げる結衣に、隼世が天井を仰いだ。

「そんな顔でイジワルなんて言われたら、もっと意地の悪いことをしたくなるだろう」

「ええ……!?　それは駄目です。もうじゅうぶん恥ずかしいですっ」

両手首をつかまれて、左右に大きく開かれる。双丘の膨らみが、ぷるんと彼の目の前で揺れた。

「や、やだ……」

「嫌じゃない。結衣の体は、ちゃんと俺をほしがってくれているよ。ほら、見て」

彼が、胸の先端に顔を近づける。吐息がかかるだけで、敏感になった乳首が震えた。

「ここ、こんなに凝ってるだろう？　結衣が、俺にいやらしいことをされたいって期待しているからだ」

「……っ、だ、だって、そんな……」

「どうしてほしい？　かわいいところを食べてしまおうか？」

赤い舌がちろりと蠢く。

次の瞬間、彼の舌先が乳暈からくびりだすように先端を舐《ねぶ》った。

「〜〜〜っっ、ぁ、ああっ」

「いい声だ。もっと聞かせてごらん」

ちゅぷ、と彼の唇が先端を咥える。温かな粘膜に敏感な部分を包まれて、結衣の腰がはしたなく弾んだ。

——は、恥ずかしいのに、どうして……!?

脚の間がぬかるんでくる。彼に見られている。彼に触れられている。これから彼に——抱かれる。そう思うだけで、期待に体は甘く蕩けてしまうのだ。

「結衣、結衣……」

名前を呼ばれるたび、腰の奥にもどかしさがたまっていく。それは、あの日彼に貫かれたときの圧迫感を欲しているのだと、自分でも知っている。

「こっちもさわっていいか？」

下着の上から、つう、と指先が割れ目をなぞった。

「あ、あっ」

「駄目だと言っても、まあ、さわるんだけどな」

「っっ……、はや、せ……さんっ……」

両手が自由になっても、結衣は彼を押し留めることなどできそうになかった。この先へ、もっと先へ、ふたりで進んでいきたい。

「一年前は、名前も知らなかった。あの夜、俺はただきみを自分のものにしたかったんだ」

指先が、焦らすように下着の縁をなぞる。

「結衣、高校はちゃんと卒業したんだな。遅くなったけど、卒業おめでとう」

「ありがとうござ……あっ、待っ……！」

内腿を手のひらで撫でると、隼世がひと息に下着を引き下ろした。

あらわになった鼠径部《そけいぶ》に、彼の漲るものが触れる。隼世もまた、生まれたままの姿になって結衣にのしかかっていた。

「……あの」

「どうした？」

「つ……着けないんですか……？」

何を、とは言わない。

さすがにこの状況で、着けるべきものはひとつしかなかろう。

「――着けない」

予想に反した返答に、結衣は「えっ？」と小さく声を漏らした。

「結衣、俺と赤ちゃんを作ろう。俺の子どもを、産んでほしい」

「それは、結婚してからの話で……」

「だったら、明日にでも婚姻届を提出しよう。ああ、俺の本籍は東京だから、帰ってからになるか。明日は、市役所へ行って結衣の戸籍抄本《しょうほん》をもらっておこう」

話が早すぎて、ついていけない。

――だ、だって、結婚ってまだわたし、承諾してない……っ！

それなのに。

結衣の体は、彼の言った「赤ちゃんを作ろう」という言葉にひどく反応していた。隘路がひくひくと疼き、締めつけるべきものの到来を待ち望んでいる。

「駄目です。つ、着けてくれないとできません……っ」

「……俺を、信じられない？」

隼世が、右手で結衣の割れ目に直接触れた。

「ひうっ……ん！」

「結衣、こんなに濡らして俺をほしがってくれているのに、これは快楽のためだけの愛液なのか？　俺の子どもをほしがってくれているわけじゃないのか？」

「やっ……ああ、あ、あっ」

指先は、目視せずとも器用に花芽を探り当てる。中指と人差し指で挟むようにして、くにくにと包皮の上から揉み込まれれば、ぽちりと膨らんだ花芽が顔を出した。

「ああ、剝けてしまったね。結衣は、ここをいじられるのが弱い。そこがまたかわいいよ」

「だ、駄目……っ、直接、さわるの、んっ……」

「感じすぎて、痛いか？」

問いかけに、ぶんぶんと首を縦に振る。空気に触れたことさえほとんどない部位だ。指で触れられるだけで、ひりつくような刺激が走る。

「わかった。じゃあ、こうしよう」

隼世が体の位置をずらし、結衣の太腿の間に顔を埋めた。

「……え………!?」

「舌のほうが、優しいだろ？」

れろ、とやわらかく濡れたものが突起を撫でる。ほんのひと舐めで、結衣の腰がガクガクと上下した。

「ほんとうに弱いんだな。だったら、これはどうだ？」

唇でやんわりと食《は》まれると、今まで感じたことのないぬくもりが伝わってくる。粘膜に包まれる、ひどく不安定なのに安らぎにも似た快楽。

「そ……それ、もうやめ……あっ、ああ！」

弱い抵抗も許さないとばかりに、隼世が花芽を食んだままで舌先を躍らせる。ちろちろと舐められ、背が激しくしなった。

――駄目、駄目なのに……っ！　おかしくなっちゃう。わたしの体、狂っちゃう……！

もうこれ以上ないほど、結衣の体は隼世に慣らされている。だというのに、彼はまだ口淫をやめる気配がない。それどころか――

「ひっ……あ、ああっ、駄目ぇ……！　吸っちゃ駄目、駄目っ……やぁぁ……っ」

ちゅうぅ、と敏感な部分を吸われて、結衣はあられもない声をあげた。恥ずかしいとか、こんな姿を見られたくないとか、そんな考えもどこかへ霧散していく。

与えられる快楽に、全身が支配されていた。

けれど、達する直前に隼世の唇が離れていく。これには覚えがあった。何度もイキそうなところまで追い立てられて、そこで止められる――彼のホテルでの出来事だ。

「こら、そんな悲しそうな顔をするな。今日はちゃんとイカせてやるよ」

「だ、だって……」

「中もほぐしてやらないと、結衣がつらいだろ。その……まあ、初めてのときは、挿れるだけでやめたわけだしな」

たしかに、あれで終わっていたからには正しくは彼のすべてを受け入れたとは言えないのかもしれない。

だが、結衣は両手で彼の肩を必死に押しのけた。

「結衣？」

「や、嫌です……」

「いきなり挿れたら、結衣がつらいだろう？」

「でも……あの、わたし……」

なんと説明すればいいのかわからない。彼に内部を触れられるのが嫌なわけではなく、今日はそうしないでほしいのだ。

「泣きそうな顔をしないでくれ。言いたいことは、ちゃんと言っていいんだ。俺は、結衣を無理やり犯したいわけじゃない。きみと心を重ねたいだけだから」

「……隼世さん」

指輪をはめた左手を、そっと彼の昂りに伸ばす。指先が触れると、それはぴくんと先端を震わせた。

一度は、彼のものを体の奥深くまで埋め込まれたとはいえ、結衣の体はまだ慣れていない。だからこそ、彼自身で――それで慣らしてほしいというのは、おかしなことだろうか。

切実な結衣の表情に、隼世が彼女の気持ちを察してくれた。

「それは、これを挿れてほしいって意味でいいのか？」

「………駄目、ですか？」

「いや、駄目じゃない。俺は嬉しいけれど、ただ、その、きみが痛かったり苦しかったりするのは……」

さらに、彼は相変わらず避妊具を装着する素振りがないことが問題である。

彼の子どもがほしい。その気持ちは、たしかに存在していた。結婚したいと言われたことも、嬉しくてたまらない。

――でも、隼世さんは……

「わたしは、たぶん隼世さんが考えているより、ずっと子どもです。ぜんぜん大人じゃなくて、きっとこの先、がっかりさせると思います」

「そんなことでがっかりするわけがないだろ」

「だって、あなたみたいに大人じゃない。知らないことも多いし、こういうことだって、隼世さんが初めてで……」

息が苦しかった。愛情が胸いっぱいに広がり、喉元までせり上がってくる。

だけど、言わなくては。

結衣は小さく深呼吸をして、彼をまっすぐに見つめる。

「だから、隼世さんがわたしを信じさせたかったら、簡単なんです。あの……『好き』って、言ってくれたら、わたし……」

蜜口に、ぐいと楔が打ち込まれた。

——え……？　どうして……!?

「……悪い。きみがかわいすぎて、こらえられない」

「は、隼世さ……、待って、駄目……っ」

せめて、愛情の言葉がほしい。言葉で伝えないのが大人の流儀なのだとしても、初めての恋にあえぐ結衣には、『好き』のひと言が必要だった。特に、彼を直接受け入れるためには。

「愛してるよ、結衣」

だが。

隼世のほうが、一枚も二枚も上手《うわて》だったことを、今さらながら思い知る。

「あ、あ……」

「誰よりも、俺自身よりもきみを愛してる。好きなんて言葉じゃ足りないんだ。俺は、結衣を愛してる」

ずぶ、ずぐ、と劣情が結衣の中へめり込んでくる。粘膜を押し広げ、張り詰めた切っ先で抉るように、自分の中に自分ではない存在が穿たれていく。

「夢じゃ……ないんですよね……？」

左手で、そっと彼の頬に触れてみた。

手のひらに感じるぬくもりが、きちんとそこに存在している。目の前にいるはずの隼世が、涙でにじんでちゃんと見えない。

「ああ」

肯定の返事に、今まで必死で抑えていた心があふれ出した。

「もう、これは目が覚めても消える夢じゃないんですよね。すぐに溶けて消えてしまう雪じゃなくて、手を伸ばしても届かない誰かの婚約者でもなくて、隼世さんはわたしの……」

「俺は結衣だけの男だ。忘れるな。きみがいないと、生きていけない男がひとり、ここにいるんだってことを」

深くつながる体が、せつなさと愛情にきゅうと彼を締めつける。

「それに、いつだって雪みたいに消えてしまうのはきみのほうじゃないか。何度抱きしめても、きみは俺の腕からすり抜けていった。わかっていないのか？」

ははっと笑った隼世が、次の瞬間、真顔になる。

「俺は、夢でも幻でもない。ただの男だ。きみに焦がれて、きみを探し求めて、やっと出会えたきみに愛を乞うしかできないあわれな男だよ。だから、どうか――二度と俺から離れないでくれ、結衣」

「は……い……っ」

ぎゅう、と彼の首にしがみついた。

互いの胸と胸が重なり合い、ふたつの鼓動がカノンのように追いかけっこをする。

最奥まで突き上げた隼世の劣情が、ぐっと浅瀬まで引き抜かれ、息をつく暇もなくまたも子宮口目指して蜜路を抉った。

「ぁ、あ、あっ……、駄目、そんな奥まで……っ」

「奥は嫌か？　だけど、俺は結衣のいちばん深いところまで入りたい。ほかの誰も絶対届かないところに、俺を刻みたいんだ」

「だって……んっ、そこ……やぁ……っ」

腰と腰がぶつかり合うたび、淫らな蜜音が奏でられる。リズミカルに、ときに不揃いな刺激で、奥を突いたかと思えば、浅瀬でごりごりと腰を回されて。

「……痛く、ないか……？」

乱れた前髪の下、隼世が優しく尋ねてくる。

「ご、ごめんなさい……」

「どうして謝る？」

「痛くなくて……気持ち、よくて……っ」

全身が、陸《おか》に上がった魚のようにビクビクと跳ねた。それを押さえつけるようにして、隼世が腰の動きを強める。

「やぁ……っ……」

「結衣、イキそうになってるんだよ。このまま、俺で達してごらん」

「無理……っ、あ、あっ、もう、おかしくなっ……」

「いくらでもおかしくなれよ。俺はもう、とっくにおかしい。結衣と出会って、結衣の優しさを知って、結衣に溺れて――」

佚楽に狭まる内部を、激しく突き上げてくる彼の雄槍。それを食いしめて、結衣の蜜口が巾着袋の口を引き絞るようにすぼまった。

「っっ……、ひ、ああ、あ、あ――……」

腰の裏側から、うなじまで。

言葉にならない快感が、迸るように駆け巡った。

「っく……、そんなに締められると、やばい……っ」

眉根を寄せた隼世が、最奥に切っ先を押しつけたままで奥歯を噛みしめる。

――何……? わたし、今……

かくん、と全身の力が抜けた。それまで、こわばってシーツに食い込んでいた指先が、弛緩しきっている。

それなのに、彼を受け入れる秘所だけは今もまだヒクヒクと収斂を繰り返していた。

「ハ……、結衣はイクときの顔もかわいいな」

大きな手が、結衣の頭をよしよしと撫でてくれる。自分だけが達してしまったことを悟り、結衣はかあっと頬を赤らめた。

「ご、ごめんなさい……」

「また謝った。今度は何を謝ってるんだ？」

「わたしだけ、その……先に……」

含羞に鎖骨までうす赤く染まった結衣を見下ろし、隼世がにっこり笑う。

「いいんだよ。そのほうが俺としても嬉しい。それに――」

まだ快感がおさまらない隘路を、隼世がずちゅ、と貫く。

「ひぅ……っ⁉」

「結衣の中はもともと狭いが、イッた直後だといっそう締めてくる。ああ、最高にいいよ。このまま溶けてしまいそうだ」

達する直前と同じほどに――いや、それよりも激しく、隼世が腰を打ちつけてきたからたまったものではない。

「やあ……っ……、待って、待っ……」

「待たない。ひとりだけイッて申し訳ないと思ったんだろう？　だったら、俺のこともイカせてくれよ。結衣のここで、きゅうっと搾り取ってごらん」

「んぅ……っ」

そんなことを言われても、彼を受け入れる器官をどうコントロールしていいかなんて、結衣にわかるはずもないのだ。

「結衣、いちばん奥で出すよ。結衣の子宮口を俺のでぴったりふさいで、きみの奥の奥に直接出したい」

「あ、あっ、隼世さ……あぅ……っ」

白い喉をのけぞらせ、結衣が腰を浮かせる。まるでそのタイミングを待っていたかのように、隼世は細腰を両手で持ち上げた。

「こうしたほうが、密着できる。結衣、ほら、俺のを結衣が全部咥えこんでる。もっと、奥まで挿れさせて……」

「だ、駄目、また、またイッちゃう……っ」

「イッてもいい。何度だってイッてごらん。そのかわり、結衣がどんなに達してもやめないからな」

甘く淫靡な声音に、全身が性感帯にでもなってしまった錯覚が起こる。つかまれた腰も、彼の腰をまたぐ内腿も、隼世に触れているところすべて、そして隼世に触れていないところもすべて、彼の愛情に満たされていく。

「っ、は……俺も、そろそろ限界だ。結衣、もう少し……」

「ああっ、や、もう、もうイッちゃう……！」

きゅうう、と体の芯が引き絞られるような感覚と、彼を咥えこんだ隘路の蠕動《ぜんどう》。濡襞は雄槍にすがりつき、本能が彼を搾り取ろうとする。

「こら、また先にイッたな？」

「ご……ごめんなさ……、でも、もう……」

「駄目だ。俺がまだだよ」

結衣の腰をつかんだまま、隼世は上半身を思い切り前に倒してきた。すると、彼を受け入れる部分が天井を向き、真上から突き刺されている格好になった。

「っっ……、ぁ、これ、駄目……っ」

「気持ちよすぎて、駄目か？」

泣き声をあげて、結衣が必死に首肯する。それを愛しげに見つめて、隼世が愛情を叩きつけてくる。

ゴツゴツと最奥を抉られて。

痛みとも快感とも判別できないほどの、愛悦の果て。

「隼世さん、隼世さ……あっ、ああ、あ……！」

「イクよ、結衣。全部……俺を受け止めて」

彼の切っ先が、子宮口をぴったりと蓋のようにふさぐ。そして、先端を押し当てたままで、根元から亀頭へかけてポンプのように脈動が走る。

「～～～っっ、ぁ、何、ああ、あ……！」

注がれる白濁は、結衣の奥深くで飛沫《しぶき》をあげた。びゅく、びゅるる、と放たれている間も、隼世が小刻みに腰を揺らす。だが、先端は最奥に密着させたままだ。

「結衣、愛してる。愛してるよ……」

涙の膜の向こうで、愛しい人が何度もそう言って。

結衣は、快感の海に体を投げ出した。

閉じたまぶたの裏側では、いくつもの光が弾けて消えていく。

けれど、愛する人はここにいる。もう、どこにも行かない。

約束は、たったひとつあればいい。

彼と一緒にいられるなら、それだけが結衣の欲したものだから——


「たしかに、眠っているとずいぶん幼く見える。二十二歳、か」

まだつながったままで、意識を手放した結衣を見下ろし、隼世が小さくため息をついた。

「——さて、こんなかわいい奥さんをもらうからには、一日でも長生きできるよう努力し

なきゃな」

愛する女性のまぶたにキスを落とし、隼世はゆっくりと腰を動かしはじめる。

「それに、なるべく早く子どももほしい。結衣に似た、かわいい子だ。俺の持っているものは、全部きみに——」

結衣が、小さくうめいて体をよじる。薄く汗ばんだ肌にキスをして、隼世がせつなげな吐息を漏らした。

甘く濡れた体が、意識を失っていてもきゅっと楔にすがりついてくる。それが愛しくて、隼世は何度も何度も彼女を抱いた。

彼女が意識を取り戻すまで。

彼女が、意識を取り戻しても——

♪。+.゜+。♪。+.゜+。♪

宣言どおり、彼は翌日には結衣を役所へ連れていき、戸籍抄本をとった。

その後、生まれて初めてプライベートジェット機に乗り、結衣は羽田空港まで連れ戻された。普通の飛行機でさえ数えるほどしか乗ったことがないというのに、六人分しか座席のないプライベートジェットは、ひどく緊張した。

そして。

十二月二十四日、クリスマスイヴ。

ふたりは隼世の住民票のある渋谷区の区役所に婚姻届を提出した。

「きみの部屋の荷物は、新居に運ぶよう手配をしてある。今日はふたりだけで過ごしたい」

「新居って……？　あの、もしかして一緒にホテルの最上階に住むってことですか⁉︎」

あんな高級ホテルで暮らすだなんて、考えただけでめまいがする。毎日仕事へ行くたびに、絢爛豪華《けんらんごうか》なエントランスフロアを歩くことを考えるだけで、何を着て歩けばいいか悩む羽目になりそうで。

「いや、あれは仮住まいのようなものだった。俺は、父親のいる家を出たかっただけだからな」

富良野にいたときに、彼の家のことや家族のことは聞いている。ずっと気になっていた洋館の表札の『矢来』の読み方も教わった。結衣も、自分の両親のこと、祖母のことを打ち明けて、ふたりの間にはもう秘密はない。もちろんすべてを語り尽くすには時間が足りなかったかもしれないが、隠し事はなくなった。

互いに、家族と縁の薄い人生だったからこそ、これからは幸せな家庭を築いていこう、と隼世が言う。その言葉が、嬉しかった。

そして。

彼の言う新居へ到着した結衣は、驚きに目を瞠る。

「東京の、それも渋谷にこんな場所があるなんて……」

駅から少し離れた恵比寿《えびす》寄りの住宅地に、その一軒家はあった。年代物ではあるけれど、丁寧な手入れをされた重厚な造りの建物は、周囲を緑に囲まれている。

「家具は、まだほとんどないんだ。きみに選んでもらえたらと思っているんだが……どうだろう？」

「あ、あの、でも隼世さんの好みは……」

「俺は、きみが選んでくれたものに囲まれて暮らしたい。もちろん、いちばん大事なのは家でも家具でもなく結衣だからな」

玄関先で、隼世が結衣の肩を引き寄せてこめかみに唇を軽く押し当てる。

何不自由ない、ホテルの最上階で暮らしていた隼世が選んだのが、どこか懐かしさを感じさせる古い家だったということに、結衣は胸が熱くなる思いがした。

これから、ここで家族になろう。

そう言われている気がしたのかもしれない。

玄関を入ると、富良野の洋館と同じで建物は古くとも、セキュリティシステムが万全なことがすぐにわかる。とはいえ――

「隼世さん」

よ？」

「セキュリティシステムを導入していても、玄関の鍵をかけなかったら意味ないんですよ？」

「どうした？」

富良野にいたころ、彼はいつだって鍵を開けっ放しにしていた。玄関については、結衣が来訪することを考慮してくれていたのかもしれないが、一階の掃出し窓や、勝手口も鍵がかかっていたためしがない。つまり、セキュリティシステムを常に切っていたのだろう。

「ああ、あのころは自分がどうなってもいいと思っていたからな。これからは当然気をつける。きみが誰かに盗まれたら大変だ」

「わっ……わたしは別に、盗まれたりしないです……」

「そうか？　金も物も代わりがあるが、結衣だけは何とも代替できない。俺は、きみを失うのが何より怖いんだ。だから、どこにも行かないでそばにいてくれるだろう？」

怖いなんて言う口で、甘い笑みを浮かべる彼が、キスをせがむように目を合わせてくる。

「……どこにも、行きません。だって、わたしは――」

隼世さんの、奥さんになったんですから。

彼の頬にそっと唇を触れて、結衣が微笑んだ。

「ところでひとつ聞きたいことがあるんだが」

靴を脱ぎ、室内に入る。

リビングは吹き抜けになっていて、二階の天井に大きなシャンデリアのような照明が下がっていた。

「はい、なんですか?」

「このマフラー」

あの、雨の夜。

隼世が結衣のアパートに泊まったときに、彼に持って帰ってもらったネイビーブルーのマフラーを、彼が指さして問いかける。

「これは、ほんとうは誰にあげるつもりだったんだ?」

「そ、それは……」

もともと、隼世のことを考えて選んだマフラーだった。彼に渡せないのを知っていて、それでもどうしても買わずにいられなかった。

「包装から見ても、クリスマスプレゼントだったんだろう? 俺がもらっていいものだったのかと気になった」

「……隼世さんに、買ったんです」

うつむいた結衣の言葉に、彼が息を呑む。

「俺、に……? だが、きみはあのころ、俺を拒絶していて……」

「あげられないのはわかっていました。だけど、お兄さんやカフェの店長夫妻にプレゼントを選んでいて、そのマフラーが目に入ったとき、隼世さんのことしか考えられなくなってしまったんです。だ、だから、それは隼世さんがもらってくれないと――」

困ります。

最後は、小さく消えそうな声で言う結衣を、隼世がぎゅっと抱きしめた。

「ありがとう、結衣。今までの人生で、いちばん嬉しいクリスマスプレゼントだ」

「……でも、クリスマスより前にあげてしまいました。明日、改めてプレゼントを買いに行ってきます」

「これのほかにもくれるのか？」

「ふたりで過ごす初めてのクリスマスだから、記念になるものを何か選びたくて……って、駄目ですか？　わたし、もしかして重いですか？」

結衣にすれば、ずっとそばにいる約束をくれた彼への感謝は、どんなに言葉を尽くしても足りない。だからこそ、気持ちを形にして表したいと思うのだが、そういうのは隼世にしたら重い可能性もある。

「重いなんて思うわけがないだろ。きみがくれるものなら、俺はなんだって嬉しいよ。その気持ちが、嬉しいんだ」

耳朶に軽く歯を立てて、それから隼世が唇を奪った。

「ん……っ」

「結衣、きみの名前を教えて」

「え……？　あ、あの、それはどういう……？」

「名字から、ちゃんと名乗って聞かせてほしいんだよ」

受理されたばかりの婚姻届。これから、銀行口座の名義を変更したり、様々な手続きが必要になる。

「と……東条結衣、です……」

初めて名乗るその名前が、嬉しくて恥ずかしくて幸せで。

結衣は、ぽっと頬を赤らめた。

「俺と、同じ名字だ」

だが、結衣よりさらに幸せそうな微笑みで、彼が夢見るようにそう言う。

「二階も見よう」

「あ、はい」

手を引かれて階段をのぼると、二階には広いベッドルームがあった。リビングは家具もほとんどなかったというのに、ここにだけは大きなベッドが置かれている。ベッドフレームだけではない。もちろんマットレスも、リネン類も、そして枕も。

「ここだけ、今にも住めそうな感じですね」

「当たり前だ。ベッドがなかったら、俺が困る」

たしかに、隼世はもうＴＪコンチネンタルホテル東京のペントハウスを出ると決めたのだから、寝場所の確保は大切だ。

そう思って頷いた結衣に、夫となったばかりの彼がやれやれと肩をすくめて見せた。

「きみ、わかってないだろう？」

「えっ、わかってますよ。ベッドがないと寒いですし、床に寝るのは体だって痛いですし……」

それでなくとも、隼世は長身だ。

いざとなれば、結衣のアパートのソファベッドで一緒に眠ることは可能だが、ゆっくり休めるとは言いがたい。だからこそ、良質な睡眠のために気に入ったベッドを前もって入れておいたのは、当たり前のことで――

「俺は別に、眠るだけならどこだってかまわない。床でも、クッションさえあればどうにかなる。だけど、きみを抱くからにはどこでもいいなんて言えないって意味なんだが」

「っ……、あ、そ、それは、その……」

つまり。

隼世は、結衣を抱くためにベッドを前もって準備しておいた、と言っているのだと気づいて、顔ばかりか首も耳も真っ赤になる。

「やっぱりわかってなかったな。結衣、俺はきみと一緒にいて手を出さない自信なんてもうないから。これからは、毎晩だって抱きたいと思っている。わかったか？」

「そっ、そんなこと、言わないでくださいっ」

たしかに、富良野では彼に抱かれた。それは結衣も望んだことだった。

――だけど、あんなすごいことを毎晩されたら、仕事に行けなくなっちゃう！

結衣の想像を遥かに超えて、隼世は自分を激しく求めた。一度や二度では満足せず、三度四度と果ててなお、彼は結衣を突き上げた。

未知の快感に意識を失っても、彼の律動で現実に立ち戻るというのは、なかなかに恥ずかしい体験だ。

「ああ、もうそんなかわいい顔をして。なあ、素直に答えてくれ。思い出したんだろう？」

「何を、ですか……？」

彼女の耳元に、隼世が唇を寄せる。

「富良野で、俺に抱かれたときのこと、だよ」

見事に言い当てられて、何も言えなくなった。だが、言葉が出ない分、表情が――というか顔色が、すべてを語ってしまう。

「結衣は素直だな。まったく、こんなに素直で隠し事のできないきみが、無理して俺を知らないふりをしていただなんて思うと、それだけで愛しさが増すじゃないか」

「はっ、隼世さんっ！　もう、からかわないでくださ――きゃあっ」

そのまま、ベッドに押し倒される。

富良野を発つ前に、彼がデパートで買ってくれたワンピースの裾がふわりと広がった。

「あの、まだ明るいですよ……？」

「そうだな。それに、ベッドはあるけれどカーテンはない。だけど、結衣がかわいいせいで俺の我慢は限界だよ」

言うが早いか、隼世は結衣のワンピースを脱がせてしまう。ワンピースだけではなく下着も、彼の好みで選んだ——というか、隼世が強引に決めて買ってくれた。

淡いピンクの、胸元がレースになったスリップと、ブラとショーツのセット。

こんな繊細なレースの下着は、今まで買ったことも着たこともないので、洗濯にはじゅうぶん気を遣わなくてはと思ったものだ。

「隼世さん……」

「そんな困った顔をしても駄目だ。それにしても、結衣は色が白いから淡い色がよく似合う。なあ、このスリップというのを着けたままで、ブラジャーをはずしてくれないか？」

「ええっ……!?」

胸元は、完全にレースになっていて、つまりそれはブラジャーを着けていなければ肌が透けて見えてしまうのだが。

「結衣のかわいい姿を、もっとたくさん見たい」

「〜〜〜っっ、い、イジワル……」

「これが俺へのクリスマスプレゼントだ。それならいいだろ？」

そう言われてしまっては、断るわけにもいかない。隼世は結衣を抱きしめたまま、互いの位置を入れ替える。彼女を上にし、自身の腰をまたがせて、仰向けになった。

「さ、これで準備は万端だ。このまま、俺の上でブラジャーをはずしてごらん、結衣」

うつむきがちに、ストラップのないブラジャーをはずす。すると、彼女の手からすぐにそれを奪い取り、隼世がベッドの下へ放り投げた。

「あっ、もう。投げなくてもいいのに」

「結衣、胸元を隠さないで。ちゃんと俺に見せて」

形良い乳房は、瀟洒なレース一枚では隠しきれない。左右の頂がツンと突き出しているのまで見えてしまう。

「こ、こうですか……？」

「……おいで」

恥じらう彼女を手招きし、隼世が腕を伸ばす。上半身を前に倒すと、そのまま唇が重なった。

「好きだよ、結衣。どうしようもないほど愛してる。ちゃんと伝わっているか？」

「つん、は、はい……」

またいだ腰が、次第に熱を帯びていく。彼の下腹部に脈を感じて、結衣はぴくんと体を震わせた。

「年が明けたら、結婚式の準備をしよう。ああ、だけどまずは手はじめにある程度、この家の家具をそろえて――」

「あ、あの、隼世さん、そういう話をするなら……んっ、手、駄目……っ」

レース越しに乳房をあやす指先が、はしたないほどに屹立した部分を捏ねる。

「結衣こそ駄目じゃないか。これからのふたりの予定を話し合っているときに、ここをこんなにいやらしくして」

「それは隼世さんが……さ、さわるからですっ」

「俺のせいか？　だったら、両方こうして――」

きゅ、と左右の先端を指でつままれ、結衣は腰を浮かせた。

「やぁ……っ」

左手の薬指に、ラベンダーヒスイの指輪が光る。隼世は嬉しそうに結衣を見上げ、ひどく昂るものを衣服の上からこすりつけてくる。

「なんなら壁紙も張り替えてもいい。結衣の好きなように、この家を変えていこう。俺のことも、きみ色に変えてくれてかまわない」

「んっ、ぁ、の……っ、ああっ……」

「ほら、結衣の好きな家具はどんななのか教えてくれないと」

「だっ……だって、こんなことしていたら、考えられな……」

コリコリと感じやすい部分を左右同時に刺激され、彼の劣情をこすりつけられ、この状態でまともにものを考えるなんてできるはずがない。

「さわられるのがつらいなら、もう少し体を前に倒してごらん。そう、それから、ベッドヘッドに両手をついて――」

言われるまま、結衣は上半身を前に倒す。ちょうど彼の顔の上に胸が当たると気づいたのは、ヘッドボードに両手をかけたときだった。

「～～～っっ、ん、あ、あっ……！」

隼世が胸に吸い付く。逃げようにも、彼の両手が腰をしっかりとつかんでいた。さらに、いつの間にかファスナーを下ろし、彼は自身のものを結衣の内腿に押し当てている。

「結衣、結衣……」

せつなく甘く、彼に名前を呼ばれて。

それだけで、結衣は泣きそうなくらいに幸せだった。

「隼世さん……、好き、大好きです……」

「俺もだよ。きみを愛してる。だから――」

下着の脇から、彼が蜜口に劣情を突き立てる。ろくに慣らしていないのに、それはすぐに最奥まで結衣を貫いた。

「ひぅ……っ……ん！」

「もう、きみの中は俺のかたちを覚えてくれたのか。嬉しいよ、結衣」

どんなに愛してると繰り返しても、どんなに抱き合っても、まだ足りないだなんて。

いくらでもよくばりになっていい、と彼は微笑む。

「俺のすべては、きみのものだ」

東京で過ごす、初めてのクリスマスイヴ。ふたりきりの聖なる夜。

「だから、すべて受け取って。愛してる――」

深く、狂おしく、止めどなく注がれる愛情に、目を閉じて愛する夫にしがみついた。

彼といられるなら、もう何も怖くない。この恋は永遠に終わることなく、どこまでも続いていく。そう、心から思えた。

「どこにも行かない。俺はずっと、きみのそばにいるよ」

優しい声は、まるでかつて孤独に震えていた結衣を慰めるように。

この人に出会うために生まれてきた。

この人と恋をするために、自分は今、ここにいる。

「だから、俺を愛して、結衣――」

結衣はただ、愛情の極致に頷いた。今ここにある幸せを、彼とふたりで守っていきたい。

そのためなら、きっとなんだってできる。

東京の空にも、厚い灰色の雲が立ち込めていた。もしかしたら、今夜は雪が降るかもしれない。

だが、降っても降らなくても、今夜はクリスマスイヴ。

結衣は、愛する人の腕の中で幸せな眠りにつくことだろう。今日も、明日も、明後日も、終わりのない愛情の中で——

あとがき。

こんにちは、麻生ミカリです。オパール文庫では13作目となる『君だけしか見えない』おてにとっていただき、ありがとうございます(*>ω<*)♪ 久しぶりに手書きあとがきです!!

このお仕事を始めて、今年の6月で7年が経ちました。しかし!! 今回はデビュー作と同じくらい緊張しておりますでする
それというのも、商業で、しかも現代もので ここまでシリアスに寄せたお話を書くのは初めてなんでして。(※普段はわりとラブコメな感じで書いている作者です)
「いつものラブコメのほうがイイ!」とか「シリアスもっと来いや!!」とか、何かありましたら編集部宛てにご意見いただけますと幸いです(o'ω'o)ノ

さて、今回は人魚姫をモチーフにしたお話となっております。

助けた王子と再会を果たすも、声を失っていて真実を告げることができない。

そして王子は助けてくれた相手をカン違いしたまま結婚…(;´ω`)ゞ
本作において、結衣は声が出ないわけではありませんが、『約束』という鎖に縛られています。

『約束』って不思議ですね。たとえばそれは、いつまで有効なのか。ほかの誰かを傷つけるとわかっても守るべきなのか。『約束』とは何のため、誰のためにするものなのか。

結衣が、結衣なりの答えにたどりつけていますように。


イラストをご担当くださった逆月酒乱先生。最高すぎる隼世の筋肉、なんとお礼を申しあげていいかわかりません!! ステキなイラストをありがとうございました♥

最後になりますが、この本を読んでくださったあなたに最大級の感謝を。

またどこかでお会いできることを願って。

それでは。

麻生ミカリ

発売おめでとうございます!!
恥
30代〜50代男性
のセンター分けoffスタイル
が大好物なので
描いていてとても楽しかったです!

Illustration Gallery

Opal

君《きみ》だけしか見《み》えない

オパール文庫をお買い上げいただき、ありがとうございます。
この作品を読んでのご意見・ご感想をお待ちしております。

ファンレターの宛先
〒102-0072　東京都千代田区飯田橋3-3-1
プランタン出版　オパール文庫編集部気付
麻生ミカリ先生係／逆月酒乱先生係

オパール文庫＆ティアラ文庫Webサイト『L'ecrin《レクラン》』
http://www.l-ecrin.jp/

著　者――**麻生ミカリ**(あそう みかり)
挿　絵――**逆月酒乱**(さかづき しゅらん)
発　行――**プランタン出版**
発　売――**フランス書院**

〒102-0072　東京都千代田区飯田橋3-3-1
電話(営業)03-5226-5744
　　(編集)03-5226-5742

印　刷――誠宏印刷
製　本――若林製本工場

ISBN978-4-8296-8350-7 C0193